U0744029

◎ 文心诗梦

心清自在

张国浩 著

浙江工商大学出版社

图书在版编目（CIP）数据

心清自在 / 张国浩著 . — 杭州：浙江工商大学出版社 , 2018.4

（文心诗梦）

ISBN 978-7-5178-2653-8

Ⅰ . ①心⋯ Ⅱ . ①张⋯ Ⅲ . ①诗集 – 中国 – 当代 Ⅳ . ① I227

中国版本图书馆 CIP 数据核字 (2018) 第 056791 号

心清自在

张国浩　著

责任编辑	张莉娅　田　慧
封面设计	叶泽雯
责任印制	包建辉
出版发行	浙江工商大学出版社
	（杭州市教工路 198 号　邮政编码 310012）
	（E-mail：zjgsupress@163.com）
	电话：0571-88904980，88831806（传真）
排　　版	庆春籍研室
印　　刷	杭州高腾印务有限公司
开　　本	880mm×1230mm　1/32
印　　张	8.875
字　　数	164 千
版 印 次	2018 年 4 月第 1 版　2018 年 4 月第 1 次印刷
书　　号	ISBN 978-7-5178-2653-8
定　　价	118.00 元（共 3 册）

版权所有　翻印必究　印装差错　负责调换

浙江工商大学出版社营销部邮购电话　0571-88904970

　　张国浩，1955 年出生，博士，曾在军队、政府、银行任职。有一颗童真的心，喜欢魔幻思维，喜欢艺术生活，喜欢笔墨人生。爱好哲学、文学、史学、经济学、金融学。曾出版诗集《心属远方》。

［序一］

张国浩诗集《文心诗梦》序

张 穹

张国浩先生说："我的文字，非诗、非词、非文，这是我人生的灵魂碎片，如同铸造生命的拾荒者一样，把这些碎片一一拾起，再拼凑出一个完整的、纯洁的和原始的灵魂。"国浩先生长期从事金融工作，退休后痴迷于诗歌，找到了灵魂的归宿。每日笔耕不辍，硕果累累。已经出版了一本诗集《心属远方》，现在三本诗集《心藏青云》《心闻妙香》《心清自在》又将付印。国画家能够画出灵魂的是大写意的画作，书法家能够写出灵魂的是狂草的作品，诗人能够写出灵魂的是古体诗、自由诗等。但这绝非易事，必须把整个心灵都融入大自然、社会当中，必须超脱

自我，必须身心融通。以此而言，国浩先生每天都是乐乐陶陶、怡然自得、满面春风、神采奕奕。所以，他能放松身心，写出轻松、自由、欢快的诗，在净化自己灵魂的同时，又鼓励人们向往美好的生活，带给人们精神上的正能量。

在诗人眼里，人的绝对价值和神圣价值的实现不在别处，而在于我们这个短暂的、有限的人生之中，在于一朵花、一株草、一片动人的风景之中，在于自我心灵的解放之中，在于对个体生命的有限存在和有限意义的超越之中。在向世界敞开胸怀的过程中，"沉醉"成为最具诗性的生命体验。故以"心"之寓意为书名，观自我之人生，沉醉于自然，沉醉于思想，沉醉于诗歌和艺术，沉醉于美的神圣体验。

诗人把诗歌作为道来尊崇。与道同行，诗词同道。人生求道，人生写诗。躬行诗词之道，骏马、西风、大旗；持恒诗词正道，奇山、长河、羁旅；大美诗词之道，水流、花开、心涤。道不外求，道法自然，与道同行，道容天地。所以诗人宽心、自由地拥抱大自然，在其中体会诗词之道。国浩先生的诗歌读起来像走在悟道之路上，若有所得，若有所爱。读着读着，我们突然发现，岁月总与沧桑相关，无常才是人生的常态。花开一季，人活一世，只有时光安然无恙。那些转错的弯，那些流下的泪，那些滴下的汗，不论好坏，终究成全了现在的自己。

与国浩先生相识已久，我们在一起，有相见恨晚的感觉。国浩先生让我给他的诗集写序，我并不精于此道，特别是诗词方面更是外行，但感到为这些诗集写序很有意思，遂欣然从命。最难能可贵的是国浩先生在极其繁忙的事务中，每天坚持抽出一定时间来关注自己的精神生活，追求自我的道德完善，追求诗歌之道，养浩然正气，并以自己的诗词滋润他人。国浩先生夜夜耕耘不断，孜孜不倦地创作，这种精神是很感人的。"与其出世，莫如思诚"，如《大学》中曰，"自天子以至于庶人，壹是皆以修身为本"，如此持之以恒，家可以齐，国可以治，风花雪月的理想和现实都有可能。是以为序。

张 穹

全国政协社会与法制委员会副主任委员、国务院反垄断委员会专家组组长。原国务院法制办公室副主任，最高人民检察院党组成员、副检察长、检察委员会委员、大检察官，中国行为法学会副会长、金融法律行为研究会会长，党的十五大、十六大、十七大代表。长期从事立法、司法工作，在经济法、民商法及刑事法律研究领域颇有建树。先后受聘为中国人民大学刑事法律研究中心顾问、中华文化促进会顾问、中国人民法制网专家委员会顾问、中国法学会刑法刑诉法研究会顾问、中国人民大学兼职教授、中国政法大学博士生导师、北京大学经济研究中心特约研究员、华南师范大学法学院兼职教授等。

［序二］

诗眸世睫　心香远方
——序张国浩诗集《文心诗梦》

庞贞强

　　曾经和国浩兄同窗于中国人民大学。那时不曾谈及诗和诗艺。毕业时，薄赠本人诗集两本，即后，天各一方。今想，定是心心相印。2016 年，知兄诗集《心属远方》问世，甚向往。今收到洋洋洒洒的《文心诗梦》的三本诗集样稿《心藏青云》《心闻妙香》《心清自在》，遂迫不及待通宵阅读，阅后慨叹诗人"用世为心"的幽兰之洁。

　　我始终坚信，诗歌是世间最美好的选择！

　　张国浩就是一位选择了"诗意栖居"的人。1955 年出生的他，曾在部队、政府、银行任职，又攻读了博士。他所历所思一定是独特的。他既有诗人的"独特个性精神气质",又充满"诗人的责任感使命感及大爱",正如他自己所说,大概是经历过坎坷的人,特别珍重历史,特别珍惜情感,也特别珍爱朋友。诗人反复提及的"珍"字,其实就已经浓缩了他的价值观和我们时代应该保留和追回的共同情感。

《心藏青云》《心闻妙香》《心清自在》不恰恰对照了珍惜、珍重、珍爱的三境界和诗歌的"真善美"三原素吗?藏-惜-善,闻-重-真,清-爱-美,当把这三本诗集名中第二字,诗人的三个价值观,以及诗歌三原素对应,且把那个"珍"加入每个字之前,你会发现这就是诗人,这就是时代诉求。

《心藏青云》:心中一片白云,内心怎会无雨?诗人的内心要藏一切,就是格局。内心无云,自然干涸。藏是要有容、有经历、有自觉的。我解读的"吸引力法则"是当你对某件事怀有强烈渴望时,与这件事有关的有利因素就会莫名其妙地出现。诗人所"惜"即他的初心和想保留给自己的,都是"悲悯"后的接纳和原谅,那么他引来的一定也是善果,珍惜之果。"一支长篙/无意地萌芽/恍然间成了拐杖/撑了很久很久"(《慢慢行走》),长篙上的萌芽,只是一点点嫩绿,怎么可成拐杖支撑漫路?但诗人相信,用心虔诚支撑,那嫩芽便扶住了人生,这是一种对善念的企望;"鲜活在自己心里/死去在别人眼里／一切是平的／无非自己不平"(《风暴》)，这是诗人在呼唤善行，感激所遇。这已经不是简单的善念，而是在呼吁这一代人应该怎么去活！

《心闻妙香》：诗人是灵光一闪的宇宙代言者。世间多杂态，诗心自幽之。对外界的感觉、感知、感通的发心决定了诗的品相。一个"闻"字恰当其衷。不是仅鼻息的"闻"，而是动用一切感知及心触的"闻"，是不敢怠慢的"闻"，迫不及待的"闻"。如此怎么能不"珍重"，又怎么能不"真"！这就是诗歌的生命——真实，真挚，真情。翻开《心闻妙香》随处可见这种珍重。"十年老雕女儿红／杯响处／螺笑人欢"(《海边故事》)，这是场景的真实；"天际知道／自己的边界吗？／是鸟飞过的踪径／还是人目测的距离"(《白云之问》)，这是情绪的真实；"黑在创造／创造着人类的生命／亦在毁灭／毁灭着可用的时间／把生命搅拌着"(《夜深别样》)，这是情感的真挚；"历史是历史／你就是你／我就是我／我你就是历史／历史留下的就是／你我的背影"(《你我的背影》)，这样的诗句，已经是真情的升华，此刻他脑中浮现的，应是某个瞬间的内心呐喊，无论怎样，必须对背影认真珍重。

《心清自在》：清清之心可对青山，可赴流水，可沐白云，可随琴音。"清"则万籁俱寂，宁静致远。充满怨恨的心是不会"清"的，如充满污垢的河一

般。达到此境，自是用爱心成就。"遇见便恭敬，遇到便接受，舍己而不得，是为善因，人人种下善因，世间便是莲花。"是的，人人拿出爱心，就都能找到自己的"安好之所"。这就是诗人追求的"自在"，这岂不是"大美"！"乡村的路上／各样的树在站岗／我穿行着／看到了老树上的鸟巢"（《空巢》），诗人把老树比作在家渴望儿女回来的老人，渴望蓝天下鸟巢的温暖，其实回家就是孝顺；"一花一木／虫鸣鸟啼／被所有陶醉／醺醺乎未醒"（《守候着心灵的小屋》），诗人想说，爱大自然吧，梦都在其间；"踏上火轮／做一次哪吒／把过往碾在脚下／前方有金秋"（《解放自己》），诗人渴望的金秋不就是我们儿时平和的瞩目吗？看着妈妈，看着天地，看着宇宙，用一颗初心！

《心藏青云》《心闻妙香》《心清自在》及诗人的"珍惜""珍重""珍爱"不正是诗人的诗意人生吗！有了这三"珍"，我坚信国浩兄的诗歌之路一定是坚实而充满梦幻的。

是为序。

2017 年 12 月 24 日晨

庞贞强

　　1970 年出生于乌鲁木齐，1991 年进入新疆师范大学工艺美术系学习，现定居包头。内蒙古作协会员，包头昆都仑区作协副主席，中国诗歌网 2018 年和 2019 年签约驻站诗人。热爱诗歌创作，已出版诗集 8 本。高产的诗人，目前已写诗 1 万多首。

目录

辑一
莫负春光

辑二
生活是一种信仰

辑三
黑夜自光明

辑四

悄悄的一线光

辑一

莫负春光

遣　愁

月光临照

婆娑弄影

含苞藏匿春暝

谁能赏

独自怜惜又何妨

遣愁总在迟暮时

只怨春来早

初红风不识

檀口拒人折

垂碧千千结

拾翠相竞凝云影

微步更胜春

2014 年 3 月 18 日

降　醉

窗外只见三两枝，
已是花红满园春。
撷香浅降醉媚眼，
临镜蓝天照薄衣。

2014 年 3 月 18 日

沙发与梦

一张红木沙发
图案串起了古老
文化点精微妙
吉祥蕴成碎片文明
织成了我的梦

从木头到家具
从沙发到艺术
构成了人类的智慧
刨出了人类的艰辛
梦在森林里游荡

静静地躺下
抚摸着生命变式
慢慢走向艺术梦乡
先人在靠近我
请不要打搅我的美梦

2014 年 3 月 19 日

愿与惊雷同行

雨中拥抱

无疑是一种浪漫

或许痛到了绝处

我且喜惊雷

喜它的破竹之势

喜它的爆烈

此时的狂风

此地的暴雨

我的脉和它一起跳动

迎来的是彩虹

拥抱的是晴日

无惊雷

何来晴日

来吧　惊雷

我愿在晴日中闪烁

我愿与惊雷同行

2014 年 3 月 19 日

虚 脱

千帆停泊

繁星点烁

波光粼粼

更有鹿回头的传说

现代舞曲的狂野

游艇晃悠

人头攒动

三亚河美丽的夜晚

迷恋在阵阵海风中

这儿似乎没有历史

这儿似乎没有痛苦

霓虹灯梦幻离奇

人们沉醉在虚妄中

满地拖鞋声

满港慵懒音

出海口仍有无数哀叹

渔翁甲板上的忧

游艇主人知否

一概不知

天空布满了疑问
卷起庶民千滴泪
顿时化作拍岸恨
老妪轻吱声
隔岸殊无闻
今晚山绵沉默影
明日还是那光景

2014 年 3 月 23 日

转　折

掠一缕清风

给海南写个字

美

吐气阵阵兰香

给海南描一幅画

丽

再见了海南

我心中的热土

难忘啊　海南

我眼中的梦幻

你执着

你温柔

你删除了我痛苦记忆

拓展了思维新的境地

走着的世界

是绚丽的

不怕失败的自我

是蔚蓝的

海南

我将用汗水
播种一片新的椰林
下次再来
一定再来

2014 年 3 月 23 日

人生小书

一本书总在深夜阅读
翻开时热烈的字眼
细阅时总是冷冷寂寥
社会的书
千奇百怪
穿云破雾
翻山越岭
落地时
仍然郁郁葱葱
不知道
林子里栖的是什么鸟
也许还有豺狼虎豹
究竟人生一百年
读的总是前言
谁也无法预料
后记写的又是什么
章法真真切切
愈读愈感模糊
小楼昨夜又东风

挑灯夜读非功名
也就那个小小灵魂
穿梭在黑夜不安宁
天亮了
旧恨春江流不尽
天黑了
新恨云山又千叠
也就那本薄薄的
人生小书

2014 年 3 月 24 日

道 合

一阵风吹
飘洋过海

时间忘了记录
念忆重彩浓墨

每个脚印
都是故事

每句询问
均是知识

十年搁浅事
半日谈成功

神秘在何处
人是魔鬼窟

动的世界
活力四射

静的乾坤
智慧谋就

手持道者无语
口噪喧嚣无用

魂往哪寄
曼妙行云处

2014 年 3 月 27 日

自　由

一扇门
一直开着
一直渴望着你进来
可你始终没有迈步
进来的
是心的反向
花袭的碎片
还有寂寞兄弟

一扇门
一直开着
一直期待着你到来
可你始终没有抬眼
进来的
是眼的幻觉
是心的投影
还有红豆相思

一扇门

一直开着
一直急盼着你出现
可你始终没有微笑
进来的
是海棠冷泪
是摇摆剪柳
还有玉清无眠

2014 年 3 月 28 日

居闲赋

云居哀风

浮云流水

石径绿叶

淡妆倩影

泼墨浓愁

恒卧沉思

一朝朝在它身上飘忽

一代代在它心中留痕

倏然

矗立起一座石碑

有多少英灵集聚

从此

黄历重写

天地翻覆

每片绿叶痴痴厮守

每声鸟鸣嘤嘤啼哭

从此

皇家无院落
龙鳞淌殷红
汇聚成一条
生灵的钱江
日夜俱奔腾
缭绕云居山

山凝眸
碑擎苍
怒涛呼啸
巨龙翻滚
山水与共
一翁树下孤影
仰天苍茫闲赋

2014 年 3 月 30 日

黑暗与黎明

一束光在夜空炫射
炫射得有点颤抖

惨白和阴暗交织
空寂和清冷相和

夜的神秘
轮回分界

阳光在黑暗中孕育
罪恶在黑暗中滋长

静伏的群山
像无数巨型的手

伸向旷野
悄悄合围

饥饿在等待黎明

沉醉在隐咒黎明

黎明无所阻隔
黎明不急不慢
黎明如旧而来

于是　于是
有了光天化日

2014 年 4 月 7 日

虚 妄

时间给了遗憾，
也给了机会。
相守未必是懂，
能懂未必相守，
很多所谓的缘
其实就是黑洞，
谁洞见了光明，
谁又会在阳光下消失。
情的另一个代言词
就是残酷，
谁能临风当立，
谁没有枉自好感，
没有枉自相逢，
一眼也就这一言，
一言也就这一句。
虚妄。

2014 年 4 月 9 日

枫叶的思念

如果我有这一天
我会悄悄地来到你身边

你撑起的春天
给了我飞翔的空间

无论飞往何处
都不会飞出你
心的另一边

每片枫叶
都是我真心的组合

每片枫叶
都是我相思的寄存

飞远了
你可曾想起我
都写在每片枫叶里

飞久了
你可曾有记忆

枫树旁的梧桐花
就是我思念的记痕
就是我回程的见证

2014 年 4 月 11 日于富春

生　命

生命
一道闪电
刹那烟花
缤纷理想集束

生命
一场风雨
东倒西歪
挺直坚强延伸

生命
矫正曲折
艰难爬行
悟到湖涂难得

生命
一江春水
流淌失落
容纳海阔天空

生命

无须言说

自然燃尽

镌刻虚无符号

生命

一条直线

弯曲彩虹

描绘粉嫩天空

生命

赞美浩荡

固化之水

哪来必去哪里

2014 年 4 月 24 日

书　迷

横卧读书迷，
窗沿葡叶绿。
怀古五千年，
深觉一沙粒。

2014 年 4 月 26 日

静

宁心不作思，
静神育天池，
致笃做一事，
远离烦躁地。

2014 年 4 月 26 日

古巷闲问

丽江古城
敞开的城门
见证了凄美
也见证了欢情
一米阳光
眼前的故事
谁能丈量人生的距离

丽江古城
门前的小溪
大风车悄悄地行走
一轮又一轮
谁都无法拽住
时间的法轮

丽江古城
街巷的小楼
木家宴语的杯里
沁溢历史的甘味

谁能品出

人生真正的茶意

丽江古城

不息的鼓声

击出诗意的激情

十指谱写的旋律

谁能听清

指纹里布下的迷阵

丽江古城

深巷的墨痕

东巴墙上古老的文字

智慧的象形

谁能读解

这千年飘忽的流星

2014 年 5 月 2 日

谁知道

每个人都有起点
起点针眼风
谁知道他未来的版图

每个人都有坎坷
坎坷路途云
谁知道烟消有人记

每个人都是过程
过程是生命
谁知道这根藤延伸

每个人都是匆匆
匆匆地来去
谁知道紧追不舍什么

每个人都该聪明
聪明忘自己
谁知道哪个先哪个后

每个人都在说话
说话一叶秋
谁知道风来满地枯

每个人都该善良
善良度良宵
谁知明天醒来在何方

每个人都在苦渡
苦渡方人生
谁知道点滴即灵修

2014 年 5 月 13 日

仰望与微笑

白白茫茫
留下了无限空旷
虽有一点寂寥
仰望
自由在云端
微笑
潇洒在风里

白白茫茫
留下了无限遐想
虽有一点惆怅
仰望
庄严在涌动
微笑
潇洒在空间

白白茫茫
留下了一片洁白
虽有一点不净

仰望
一切都是暂时
微笑
潇洒一步永恒

白白茫茫
留下了亿年缘分
虽有一点遗憾
仰望
一万年倾心相视
微笑
潇洒瞬间携手相许

白白茫茫
留下了满天云水
虽有一点饥渴
仰望
日月暂时躲藏
微笑
茶水间煮出新绿

白白茫茫
留下了质朴绚绘
虽有一点笨拙

心清自在

仰望

流动如此美好

微笑

生命如此鲜娇

2014 年 5 月 16 日

凝　固

高墙间
一阵风吹来
凉意和叶动
什么也没有

抬起头
月亮和星星站着
手停止了活动
云停止了呼吸
人停止了脚步
一个声音在呼唤
不要移动

木然地闭上了眼睛
冷面朝天
去感觉风的悸动
去感觉人的存在

光　　时间　　晕眩

人　风云　世界

睁开眼
眼前什么也不存在
那就让虚空和无形
久久地闭上眼睛

让尘埃穿梭在
无意无际无识
让相聚离别
让遗忘开始
让自己依然
站在高墙间

2014 年 5 月 18 日

难开的声音

深谷的一声翠音
不知深藏了多久
只因失群鸟
触动了它的神经
微风徐来
亦算苏醒
开了金口
喊出的还是脆弱
八表在等待
松鹤在着急
菊花在遥远

丘壑的一声幽音
修炼了千万年
只因溪潺流
触动了它的耳根
云雾飘来
亦是苏醒
动了微唇

喊出的还是悠悠

羁鸟恋旧林

池鱼思故渊

落叶好归根

2014 年 5 月 23 日

一朵相思的白云

何方飘来的愁云
给我突兀的思维
那一点点迟疑

是什么让你流连忘返
是什么让你回首凝目

试问
你从哪儿来
试问
你往哪儿去

何处飞来的忧云
你那沉重的眼神
每次仰望的时候
总让我心生酸意

可劝
何不随风随形
可劝
何必那么执意

哪方落下的遗恨
是谁背弃了心仪
还是故意的疏冷
总让我那么痴迷

一味

难抹的原始

一味
不解的方子

一朵
相思的白云

一片
枯焦的棕榈

2014 年 5 月 31 日

『辑二』

生活是一种信仰

慢下来

没有晚霞的天空

仍然碧透晶莹

远处的一堆白云

好像穿着古老的拖鞋

向西边慢慢走来

细看她的身影

不时发生变化

形状各异

有时尽显风姿

阳光和风

搭建了表演的舞台

是近暮日吗

夕阳无力

东风无力

慢下来

一切都在慢下来

慢下来的景色很美

慢下来的步伐很缓

天空失去了热情

云彩亦少了贪婪

千百年来的冲动开始聚集

归巢

人

鸟和太阳

谁也没有阻挠

谁也无法扭转

成群了

归类了

自然会慢下来

慢下来

该是一种自然

慢下来

才是生活

慢下来

才是情绪的梳理

慢下来

自转与公转同律

慢下来

慢下来

2014 年 5 月 31 日

不　闻

抚念今昔
恍然若梦

一股热浪袭来
有那么点晕眩

云雀喳喳
紫薇无言

心屏昨夜微寒
初醒方知沉醉

行云噜噜
夏风猎猎

侧畔与我无关
寸杖细量天下

庭院溶月

池塘风淡

不闻杜鹃朱槿
只顾小窗浓睡

2014 年 6 月 3 日

一个画面

一个画面
一个奇特的画面

展现在
梦醒时分

遥远的天空
降在可触的眼前

圆拱形的天好薄
天空呈现奇幻褐色

纹路间略带丝丝血迹
血迹的弯曲和弧度
构成了满天象形文字

我努力
努力寻找着自己的名字

恍然间
出现的是长尾巴猫

慢慢悠悠地向东走去
看不到它的真实面貌

且见到它卷曲的尾巴
弱弱地消失在苍穹里

天还在向我走近
我无力地拿着烟斗
伸展的手臂与天齐平

一扇小门开了
挤进了一群陌生人

狰狞的面貌
狩猎般地向我逼近
似乎要把我吞了

我的平静
把自己征服了

微笑着面对一切

一切都化为乌有

似醒未醒
美妙人生

一分悦愉
弥漫在天空

天空微妙地远去
远去成湛蓝
远去成虚空

我愿跟着远去
我已跟着远去

跟着它走向遥远
跟着它走向无我

一个画面
一个奇特的画面

2014 年 6 月 14 日

松

何时落下的一颗籽
让松长在静谧山岗
沐浴三光的恩惠

何时听到风的呼啸
让松学会明静思考
辨别风的方向标

何时触摸云的奇妙
让松感到世道沧桑
领略炎凉的风霜

何时懂得夜的黑暗
让松区分昼的微软
感受三维的玄要

何时昂首欣闻惊雷
让松赏尽天乐快慰
敞胸苍穹的宽广

谢谢上苍的恩赐
让松览尽天下奇观
铸就挺拔铮铮铁骨

松为了松的品
松为了松的格
松为了松的心
久久不倔地昂立在
高高的山岗
坚持着那分孤傲

2014 年 6 月 22 日

心 空

坐看云卷云舒
俯视漾漾细浪
一颗禅定的心
敢于承担一切
　浩荡风云
　起落沉浮
　挣脱尘网
　自在随缘

　水天一色
　山河自在
浑浊的烟火中
留下一个空位
一面清明镜子
映射禅的缩影
　清风朗月
　快意平生

　一时迷失

云海雾霭

行走在

刀口剑锋之上

换来只是

一个仓促的回首

回眸的刹那

恍然顿悟

唯有放下

方能自在

修禅无须刻意

贵在天然

把灵魂安置在椅子里

让流年光影

与莲花般的心一起

去寻找

属于自己的风景

施爱在菩提世界里

2014 年 6 月 24 日于杭州

雨不知道

江南雨纤纤绵绵
造物主赋予了灵性

喃喃自语的声响
总会唤醒人的惆怅

看她的修长
就知道割不断的情

你若走进她的心里
感到的是细细柔情

拍打在脸上的凉意
会深深掩饰你的悲喜

当你撑起油纸伞的瞬间
听到的是她轻轻的脚步声

你走着，你听着

你的色身
会消失在三千世界里

空空蒙蒙，柔柔软软
这雨声就是梵音
这梵音就是天意

天意糅合在你的细胞里
你才有了鲜活的生命

你领略了禅雨
就是你的运势

让你放下的是
我执和执我

跟着她漫漫地行走
随着她慢慢地消融

有没有轮回
你莫问

有没有前程
你莫计

因为

雨自己也不知道

走往哪里

2014 年 6 月 27 日

寄 托

人
实在渺小不可言
就那么一滴水
就那么点时间
要承受多少压力
要承受多少痛苦
要承受多少煎熬
叹矣
来了就无法再回去

人
实在太伟大
就那么点高度
就那么百来斤
要承受多少风雨
要承受多少争斗
要承受多少低谷
憾矣
不这样又能怎样

人

实在太无聊

就那么点天地

就那么个酸胃

要奔波多少岁月

要忍受多少委屈

要担当多少责任

苦矣

散时秋云无觅处

人

实在太聪明

就那么个宇宙

就那么个心脏

要苦心九天揽月

要钻营五洋捉鳖

要编织离散情网

冤矣

偷宋时晏殊一句：

劝君莫作独醒人

烂醉花间应有数

2014 年 7 月 3 日

夕阳西湖

淡淡彩云
舞得痴醉飞扬
夕阳之丽
会让你千年感叹

群山被薄雾装点
像羞涩的姑娘
掩饰着内心的情怀
一色之绿
没有分别
只是曲线婀娜

峰峰绵绵
夜幕降临
群山似乎
在挥手远去
而又难舍难分

送君千里

终有一别的景致
怅然若失地迈向浪端
我也痴痴
山也迷迷
我和山都不想离去

雷峰夕照的美景
唤醒了我
一切在变化中美丽
一切在轮回中升华
泛舟湖上的人
悠扬地晃动
置身于西湖的陶醉
谁能解密这人的世界

一桨一世界
一桨一西湖
一桨一人生
微波的鄰纹
正在书写自然故事
湖上的暖风
正在拂过往日忧情

一轮娥眉

又在头顶悄悄升起
又一番妖娆美景
原来你学会了欣赏
哪里都是恬静高雅
原来你学会了生活
哪种方式都是精彩

舫舟泛泛
荷花映艳
岸边的灯再一次亮起
情人的手再一次握紧
沉寂的心再一次冉升

2014 年 7 月 30 日

坚挺灵魂

是谁举起扫把
把灵魂扫进垃圾堆
金钱权力色情贪婪

是谁用锐利的刀
把纯真的信仰剁碎
自私攀比欲望愚昧

是谁把珍贵生命
简单地理解为物质
竞争冒险无度凶残

是谁把高尚的爱
化解成利益交易交换
价值奢侈沦丧刺激

忘了
彻底忘了
生命是一切
爱应居首位

爱是纯粹高尚
而人类总是把握不好
只懂损伤消耗而不护养

人类何时懂得灵魂？
记住爱
记住大爱
生命贵
生命最贵

2014 年 7 月 31 日

梦里寄托

如今的吵闹
让人烦
让天地更烦
于是设计了四季
让人欢喜让人忧

天性的永恒
也在寻找
精彩和宁静
春夏秋冬
风雨雷电
都在比试
睁开的眼酸了

覆盖了厚厚的雾
让人什么也不要
看得太清
一时的盛衰
一时的恒定

小憩吧

你的头上

一直有太阳和月亮

还有漆黑时

明亮的星星

无论你是怎样的情绪

太阳还是东升西落

月亮还是清辉炯炯

小憩吧

无论刮风下雨

我一直在你身边

无论霹雳雷电

你总在我的心头

小憩吧

你不要劳累太久

你不要思念重重

因为天也累了

因为地也寒了

小憩吧

合一会眼吧

梦里会有我

梦里有你我

梦里有我们共同的寄托

2014 年 8 月 15 日

秋　雨

牧师在祷告
脖子伸得好长

天掉下的泪
出自忧伤的眼神

声音的感性
浸漫着飘舞的玫瑰

曾记春的绣艺
展现着无边的美丽

夜晚秋雨的晶莹
犹如维纳斯的诞生

足下白色浪漫
演绎了不息青春

夏蝉进入梦想

秋雨让干燥重写生命

枫叶走漏了风声
不知我要去向哪儿

年年是这场雨啊
把我铸造在这儿

雨收获了秋的丰厚
我还是归隐在方寸世界里

2014 年 8 月 19 日

秋　寒

大地拱形的胸膛
长出了无数的毛虫
多少机关算尽
多少墙草枯萎
不就是
一阵秋风一丝寒意

该躲的都避了
该绿的且落叶了
是不是万物的血在干涸
是不是万物都在健忘

我突然地醒来
谁都忘记了我
唯有秋风
拂着我沉睡千年的脸庞
还有天空和飞鸟
给了我再度沸腾的空间

此时蟋蟀在欢歌
我在聆听中
感受细微鸣响
生命在逆光中复活
生活在超越中精彩
星月仍然在高空中飘过

那一片乌云缠绕
又能持续多久
更不该去拘谨什么
更不该去犹豫什么
让秋风劲劲地吹吧

2014 年 8 月 20 日

时　戒

秋
飘然而至
大概
是成熟的积累
桂花徐风清香
诱着欲望
走向深渊

悠悠然
不知已坠
无人鸣锣
且又自迷馨香

刹那间
恍惚犹豫
将会寒风凛冽
大雪纷飞

还没有收割

已百丈冰冻
早已凝固了奢望
无常的脚步
再次向你走来

2014 年 8 月 23 日

觥筹秋韵

秋天的云
护得如此严实
层层沉沉
低低重重
是收获的丰厚？

秋天留下了缝隙
太阳露出强颜
把瞬间的兴奋
无遗带给人间
让你记住阳光的价值

秋天的停留
描述了淡暗的心事
运筹着冬的深思
把怨尤抛在
夏天的灿烂里

秋难得的朗月

星在云的纸上写下
霎时的壮丽
冷暖相宜
桂花飘香

秋的愁绪
酿成了满天馨香
想到的是雪的洁白
冰棱的晶莹
还有第一次相逢的守候

秋的落叶
满地的语言
举起风的酒杯
觥筹醉意
拥影共舞在日月交融时

2014 年 8 月 30 日

善

心是一片无明的原野
善是一把通明的火炬
让善为人生引路
善的无惧

人是一段时光
善是光明的永恒
让善为人生开路
善的艳丽

人生是绵绵群山
善让我们逐一坐稳
让善竖起大旗
善的光明

生命是一缕虚光
善才能点燃安宁
让善为人生修行
善的宝镜

幸福是一种追求
善打开八万四千法门
让善除却每个人的隐痛
善的祥云

2014 年 9 月 9 日

瓦 砾

人一旦走远
最好的风景
唯有记忆

记忆总零碎
一堆零散瓦砾

瓦砾上
刻着自己的名字
与瓦砾同在

仍在风吹雨打
仍在与天地说话
仍在谈情说爱

洪水来了
还要被冲刷

冲刷中还了自己的魂

冲刷中告别了故乡
冲刷中告别了爱情

一堆被冲刷的瓦砾
久久地定居在那儿

2014 年 9 月 16 日

一盏灯

什么时候
亮起了一盏灯

没有人去关注
而她慈爱的光明
照亮了无数
迷茫的人

她在远方眨眼
导引我向她靠近

她在善良地提醒
微弱的力量
给了我前进的勇气

她喜欢静静地等待
我喜欢走在无尽的路上

她喜欢黑暗时挥洒光明

我喜欢走在黄昏的路上

希望有一天和她拥抱
我也是黑暗中的一盏灯

2014 年 9 月 18 日

听说秋天

听说秋天是绝情的

一风吹来
不知飘散多少落叶
我怎么没有觉得

听说秋天是残酷的

一风吹来
不知装满了多少怨愁
我怎么没有觉得

听说秋天是晚情

一风吹来
造就了多少皱纹
我怎么没有觉得

听说秋天是丰收的

一风吹来
不知有多少人获得丰收
我怎么没有觉得

2014 年 9 月 18 日

纱　窗

聪明的人类
为了防止蚊子的侵入
巧巧地安上了纱窗
纱窗把世界定了格

穷富善恶
真假正邪
等等吵闹
等等喧嚣
活着的人
总把自己忘了

伏在纱窗后面
认真地看着世界
世界总在被分裂

一个又一个琉璃
光怪离奇
一个又一个紧迫

向你逼近

你闭上眼睛
世界一片漆黑
你张开眼睛
世界总在争斗

造物主赐予的安宁
人人
都不情愿地奉送

人恐惧了
蚊子多了
纱窗岂能抵挡
科技岂能抵挡

金钱
用垃圾的精神
总想拯救人类

人在金钱中漂洗
漂尽的灵魂
再次附在纱窗前
像蚊子嗡嗡作响

细细看去
蚊子的脚上串着什么？

模糊了眼睛
无法还原的清纯记忆！

2014 年 9 月 19 日

清 闲

幽谷葱林

涧水欢腾

白鹭飞来喜贺

且惊了小鱼游乱

溪石殷殷

秋风悦耳

乐呵老翁清闲

搅动了后生方寸

2014 年 9 月 20 日

谁有恋意敢留情

烟云流动，
凝眼痴迷，
收拾心情再展纸。
早已飞出千万里，
谁有恋意敢留情。

视线远牵，
思绪云乱，
今无能拭相思泪。
迟疑双眼已变迁，
好在花开知结果。

2014 年 9 月 22 日

离去的爱

我并不孤独
因为我在碑前
看到了你的名字

你远去的面容
渗出了人们的崇敬

所以
碑前放着
鲜花、美酒和缅怀

你执意远行
因为你心中镌刻着
骄傲而崇高的爱

我站在碑前和你说话
其实是无地自容的强撑

留下的是
一副没有爱的骷髅

所以
我是死去的活着
你是活着的正果

所以
我浸泡在苦海般煎熬中
你躺在了宁静的宫殿中

爱远行了才活着
埋葬的是丑陋的灵魂

爱的永生
爱的永恒
爱的壮丽
爱的崇高

2014 年 9 月 24 日

解放自己

踏上火轮
做一次哪吒
把过往碾在脚下
前方有金秋
不是简单的颜色
一种成熟的衔接
舞在多彩的季节

采一片枫叶
把理想绣成尖尖
携着心中的剑
画出自由的领域
播下快乐的种子
去歌
去飞
去摘遍空中的云朵

2014 年 9 月 27 日

尖尖的山

尖尖的山
他在期待

天离我近些
再近些

我要去
采天上的云彩

地把我托高些
再高些

星星在呼唤

离开这嘈杂的时代
受够了生硬与粗劣

我要月亮的妩媚
我要似水的柔软

我要崛起

我要穿越

穿越那个不宁的年代

赤着脚上路

无挂无碍

2014 年 9 月 29 日

清　静

消散了汹涌
秋的天空

留下敦厚的云
离我很近

离我很近
让我用柔软的眼神

去深究
去抚摸

离我很近
让我知道如何沉静

沉静在云层
沉静在忘却

离我很近

你的温柔

让我享受
天空的开阔

2014 年 10 月 2 日

辑三

黑夜自光明

淡　漠

夜晚
去领略黑暗
孤独行走

除了自己的脚步声
还有自己的呼吸声
什么也没有

没有人物
没有壮举
没有色彩
也许连历史也没有

经历的烂漫
在黑色的眼中闪动
黑夜仍然是黑夜

闪动的是过去
不值一提

愿意被黑暗淹没

前行
不一般的夜晚
除了心中的点滴闪亮

留下不多
除了心中的点滴混乱
精彩不多
但还是在前行

坚持前行
未必有路
但一定会有光明
因为时间在流动

时间抛弃黑暗
时间也会迎来黑暗

坚持面前
时间一定会投降

经历黑夜
光才有意义

有了黑夜的行走
才能认识淡漠

淡漠是金
淡漠会在黑夜里成长

2014 年 10 月 2 日

池塘的风

池塘边樟树下
坐在小小的板凳上
数着柔软温和的阳光
沿着西边的路缓缓走去
风徐徐地唱着秋天的歌

我的心随湖面的小波荡漾
鱼竿伸着长长的胳膊静候
浮子在沉浮间欢快地舞着
采取心不在焉的策略
诱惑着水下贪婪者上钩

塘的彼岸是一座现代的桥
桥上铁流在奔驰
与池塘的清闲格格不入
我好像缺乏那种静静内心
我的欢快意不在鱼的上钩

我喜欢轮轮水波粼粼闪闪

我喜欢树叶微微飘动婀娜
我喜欢水面偶尔鱼的跳跃
我喜欢远处飘来桂花清香

这是一幅固定的垂钓画面
休闲的人换了方法在寻乐
无论是空竿还是实竿垂着
把人的用意和快乐注入着
多少人欣赏着无忧的生活
可自由快乐的鱼且要遭殃

我放弃了
我不是不会
我陪同着
未必是我的意愿

我还是静静地坐着
我还是愚蠢地思考着
飞机在我的头顶飞过
早已把我的神带走

我与池塘的鱼同在
它本可自由地生活
可现在又多了险恶

我本可飞扬地生活
可现在多了份桎梏

蓝天　香樟　池塘
清风　微波　垂钓
鱼竿　渔翁　蓑笠
　　　　够了
　　要的就是
这种精神的自由
　　　要的就是
这种自然的画面

2014 年 10 月 4 日

童真归

一直在寻找灵魂
灵魂就是我童真

哭了笑了
心里没有伤痕

手上拿着天真
犯下的错
轻易不承认

罚站久了
还可以耍赖皮

玩疲了
尿尿床也不打紧

手腕上画一块表
走得挺准时

少吃一餐
还挺精神

日出日落
和我没关系

狐狸出来的夜晚
我也在抓鸡

天热了
光着身子在溪水里游

爹妈声声喊
我的魂还在信天游

我的童年
数不完的珍珠

我的童年
话不完的自由

我要返回
我天真的童年

因为我还没有玩够
因为我的灵魂在那儿住

2014 年 10 月 6 日

流　年

经年流逝
流逝了我的童年
并且哺乳了我的梦

梦幻中开出的花
像早晨升起的太阳

光芒编成的理想
在经年里成长
包含了爱情和童年的家乡

秒针走得太快
挽不住花前月下
美人蕉的玉臂还在伸长

月明星稀的夜晚
恍然间
我的眼睛已经老花

把昨天今天和明天的
永恒
寄情在银河里
跌落在我的诗言里
陪同着流年
慢慢风化

2014 年 10 月 6 日

我在它的脚下

我不知道它有多高
但我在它的脚下

它突兀地耸立在天空
窥探着苍穹

我痴痴地仰望着
思考着宇宙

事实可以变化
但永远不会陈旧

彩灯炫耀着
看久了就像谎言

生活里的险恶
习惯了的善良被践踏

躺在焦土上

身下的总是灰烬

燃烧的是我的心
用良知做天秤
称出的是邪恶

但无法度量
看不见的命运

命运看着
东方明珠的塔尖

塔尖拦截着飞云
飞云大度地不屑一顾

我不知道它有多高
我在它的脚下

2014 年 10 月 10 日

哭吧，落叶

不是秋天
树上飞下一片落叶
眼睛长在耳朵旁
脸面做了广告
什么都好
可以把整个生命扔掉

叶子落在地上
哭诉着自己的冤枉
满街的哭喊
路人认为只是广告

叶子被人踩了
碎裂的骨头在呼叫
冤枉　冤枉
满街的商业利润在嘲笑

怎么了
谁在疯狂

为了金钱
愿意把祖宗卖了
树枝低下了头
默默地哭泣

雨就这样来了
但救不了落叶
治不好骨折
挽留不了生命
什么都做不了

有许多许多的粉丝
沙子卷起了裤管
满地尘土飞扬
耳旁的眼睛早已闭上
什么也没有看到
什么也没有听到

哭吧，落叶
谁让你逆了这个季节！

2016 年 5 月 1 日

命　运

一直在出汗
不仅仅是夏
汗珠里映出
各期的命运

命运是匹野马
奔向何处
马自身不知
主人知吗?!

命运无法禁锢
前进的方向总是旷野
谁也无法停下
能停下的已经不是命运
命运似乎有无数头颅
命运似乎有无数眼睛

命运且只有一根气管
一呼一吸如此狭隘

命运里的奇迹
是命归里的梦
谁也无法预知
今晚会做什么梦

命运就是多舛的梦
谁能勾描命运
谁能绘制未做的梦
未做的梦
就是你想把握的命运

命运使然的事
自有安排
好好去做吧
汗珠里才能看到
属于自己的命

2016 年 5 月 7 日

记下瞬间

我要把我的瞬间记下
记下我生命的刹那
刹那里有我思想的浪漫
浪漫情怀全在瓜棚之下

记下我的瞬间
瞬间里
有我思想的浪花
没有想到壮丽
只是想把她记下
记下思维碎片中
被世事碰撞的火花

瞬间里自我的感觉
悠悠扬扬而悠然
谁也无法觉察
谁也无法抗拒
谁也无法桎梏
记下那瞬间的悠扬

悠扬的瞬间
构成我生命的旋律
一年两年无数年
平常平凡平坦坦
除却了不时的尘埃

不知还能有多少瞬间
不知能记下多少瞬间
闭眼和睁眼的瞬间
艰辛生命和尘沙
都记录在里面
充分再充分点
坚持记下我
属于我的瞬间

2016 年 5 月 7 日

尺

本做清净人，
飞峰闻鸟鸣。
人可沉世俗，
灵魂不可浸。

2016 年 5 月 8 日

走进梦林

林中逸闲，
纷纷翼翼。
东皋鹰苍，
西山霞飞。
若问何日，
君茫嬉戏。

2016 年 5 月 10 日

茶　禅

一杯清茶
教我提起放下

凉水而沸
教我过程质变

一壶而实
倒出即虚无

一壶而虚
充实即满盈

沁心流淌
走进每个弯道

淡与浓烈
入喉而无觉

谁予正等

一口而正念

饮茗而道
醒神乾坤了

知觉而禅
味出匆匆爽

来来来
你我举杯齐案

茶味禅无穷

2016 年 5 月 14 日

赴　宴

松窗旷望，竹韵气节，骤降雾锁峥嵘。

凝伫群山，龙形鳞柔，前程可数，里论无计。

茫茫渺渺，偶露一角岩容，笑了。

大地遍萸，郁葱金香，邻眼临安，已非往日旧景。

友相邀，三十七年过去，子孙绕膝，今又喜宴满堂。

与人遇景，忆当年，世事沧桑，谁料相逢，

两鬓成霜，言语无尽，且成空蒙。

2016 年 5 月 21 日

乡　愁

多少愁绪

总在离索

其实

求得最好

还是宜回到原点

熟悉的乡亲

熟悉的山水

还有那纯朴的泥土

还有那悦耳的蛙鸣

还有在门口等你的父母

久别的山莺

久别的犬鸡

还有那少年走过的田埂

还有那少年爬过的青松

还有那曾经有约的地方

伫立在窗口

小溪入怀来
还愿那份久别的乡愁
乡愁啊，是美好的源头
你我的原点就画在村口

总怀念着
曾经骑过的那头老牛
总怀念着
东皋升起那颗星星

2016 年 5 月 22 日

钟　摆

天天看着
也没人注意
平常到让人投地

从无想过
有一刻会惊涛骇浪
均衡地向前

是内心的动力
让自己奔腾不息
给人以尺度的紧迫

南来北往
从无叹息
你存在我久留

飞鸟的声音
只记得距离
没有顾及自己的前程

默默而热烈

欢快而宁静

把永恒捏在自己的手心

2016 年 5 月 25 日

表　达

深蓝后的灰暗
朦朦中透视着未来

一眼看到的未必是
真真的真实

震颤与心跳同律
一天又一天

都在同一时间弦上划过
一切成空的现象在表现

风声钟声心跳声
谁能完整地听到

左右光顾着
是风景也是飘忽

结束着的前行

不是件简单的事

需要足够的眼量
像光一样延续再延长

2016 年 5 月 27 日

一得即无得

何处觅空无，
空无即妙有。
远山色无染，
禅枝遮望眼。

2016 年 5 月 30 日

故乡的老路

你撑着美丽的花伞
轻盈沉静地走着
走往故乡的路

我不分白天昼夜
始终紧紧地跟着
似乎听到了古老歌谣

那就是自然的回声
故乡就是那悠扬的回声
谁都在积极地走往故乡

懵懵的有多少人质问
既然来了又何必回去
我笑，笑呵，笑了又笑

2016 年 6 月 10 日

风雨人相和

火夏的风
清清凉凉
我一直坐在那个窗口
看着雨沥沥地下
似如我所想

云带着愁思
静静的
不再浮躁地飘动
因为此时的雨
还在默默地下

绿色的每片叶子
被雨拨动着心弦
点头摇曳和欢唱
被滋润的爱
一阵又一阵颤动

藤蔓向上爬行

心里向往着天空的爱
于是努力
于是不避风雨
于是不嫌讽刺闲语

花卉在盆里自满
现状结出的子
做了久久的准备
准备明年春夏再美
服了这一切自然

也服了自己的安然
雨还在静谧地下
心还在热烈地跳
似乎应和着夏的曲
似乎等待着另一份圆满

2016 年 6 月 26 日晨

寸肠诗叶

一叶诗肠
总让自己的心飞扬
从初度到年迈
眼和心都很宽畅

没有更多理由
不去好好观察
欣赏着自然和悲喜
草木鲜花与人没两样

情怀是一种什么
是对一切都有兴趣和感觉
天下着雨
我又有了异样的情趣

在太阳下闭上眼
你感觉的是鲜红
云雾中你伸出了手
你感觉自己也是仙人

寸肠诗叶亦含情
看不够悟不透
想不够写不透
就这样自然地疯傻

2016 年 6 月 26 日

窗　前

无数次
我怀着不一样的心情
坐在同一个窗口
看云起云落
听雷声风声雨声

无论怎样的挫折
无论怎样的风波
无论出现怎样的变故
我都愿意坐在同一窗口

这窗口是我的眼
它打开了我的适应之门

不是简单的简单
是归宿的暂留感觉

看着树年年长高
看着它花开花落

是一种完美的书写
还留给我看星星和月亮

我常把它比作自己
春夏茂盛和秋天萧瑟

从搬迁安置
到可能在窗前老去
总在做内心安静的自己

翻开一本《人间词话》
好一个庞大多彩的世界

多少千古绝唱
多少孽海情仇
都在我眼前走过

窗口连着窗口
思维从这儿出去
世界从这儿进来

我喜欢这窗口
我喜欢坐在
古老和现代的窗前

更喜欢听下雨时
沙沙丝丝的声音

会想到事业
会想到爱情
会想到人生
会想到很多很多

2016 年 6 月 26 日

叹

青春都一晌，
何日再复还？
相约河桥头，
双双两鬓白。

2016 年 7 月 6 日

空　畅

闭上眼
握紧拳

重重地压在双眼上
拼命去寻找光明

错误判断
真真的光明

眼睛未必能看到
放弃了久久的追求

光明照亮了五脏
肠道转弯了

而光明没有转弯
一直陪伴在正直身旁

喜悦的血脉是亮的

因为有了宇宙般的修养

没有时空
不生不灭般的空畅

2016 年 7 月 15 日

一叶飞来

斜睨天际茫茫，
有些神魂颠倒。
横插一叶飞来，
顿时觉得悟了。
原来泪水倾盆，
只是执我烦恼。
若愿抛却自我，
仙人日子来到。

2016 年 7 月 19 日

心里的净土

游历千山万水
满足眼的浏览
是寻找净土吗
没有正确答案

各自走各自的
都在圆自己的梦
南来北往的歌
唱得够多够多

本想像诗一样地生活
带着空空的行囊
把风景全装在眼睛里
遗憾了　全身的毛孔

当我发现自己的脚步
原来还是踩在自己的故土
就算是飞到了美丽的天空
还是会回到自己的故土

因为故土有芬芳的乡情
种子破土的地方吗？
也许这就是所谓的根
无论有多艰辛啊！

回归了的情
犹如草原的小草
风一吹动
就飞进了母亲的怀抱

2016 年 8 月 2 日

向着天空和黑夜

闷热的天在思考什么
云彩有自己的书写
风只是凑了个热闹
早晚唱着不一样的歌

我特爱自我陶醉
无论风雨的日子
还是晴朗的钦羡
外表严肃的思虑

一切皆为虚妄的终极
让我的脚步走得越实
因为我厌恶黑暗自私
自然也有嫌人生太短

没有人问我喜欢什么
其实我无法回答什么
因为我看到了终极呀
一切众生只是度过啊

夏天的终极是秋
而秋的终极呢？
未必是冬！
因为还有浪漫的春天

还有什么呢？
白天累了
晚上休息
一天又一天！

无往无来
一切成空的喜悦
让我平静而安详
就这样向着天空和黑夜

2016 年 8 月 4 日

枝　梢

绿叶把枝梢高高举起
枝梢从无闲暇和懈怠

清晨用热情迎接太阳
傍晚以宁静守望月亮

绿叶仰望着听候消息
枝梢从无为变化而急

风来了纶巾飘逸信达
雨来了舒展肢体迎送

一袭袅袅青衫无惆怅
四季来去白昼独凭栏

2016 年 8 月 4 日

幽　雨

向晚一帘幽雨，
珠落玉盘闲愁。
点滴忆昔孤饮，
相逢青山隐隐。
一朝离别风起，
凄凉危栏倚遍。
昨夜骤降暴雨，
难写幽会飞魂。

2016 年 8 月 4 日

梦魂俱远

北望窗前娜疏影，是否侬来意。

再瞧婀漫叶叶飞，原是自相思。

抬望眼处，无月无星亦无人。

谁言多情是恼人，敢把笛箫吹天明。

虽说流月去无声，恰似织云问鳞鸿，日夜试重消息。

2016 年 8 月 4 日

琴　弦

情悬崖落故有诗，
相隔一夜遥千里。
谁在小楼乱琴瑟，
深夜只听黄莺鸣。

2018 年 8 月 4 日

梦里的古宅

一扇古老的门
紧紧地闭着
就像老人痛心的思考

我在门前
久久伫立着
盯着两个古老的门铃

里面藏着多少神秘
可能全是时间的封尘
也许是史诗般的故事

丰富的想象力
就像惊涛般汹涌
没有浪漫唯有感伤

是谁曾经在这儿
在这儿究竟发生过什么
问号穿越了漫漫时空

我的祖先
还是哪家名门
没有任何文字记载

一扇古老的门
依然紧紧地关闭着
而我的感伤留在了门前

2016 年 8 月 14 日

感受慈悲

光从厚厚的云层里钻出
把顽强播种在人的心里
让人们知道生存的艰辛
于是化作万事万物之灵
让世界变得诡异多姿呀
把一切交给时间去审判

睡了醒了苦了甜了没了
一切都在个体里去度衡
把所有的体验碾成碎片
于是不停地整合组装
尽情柔化变幻出无常
让人如另类般去摇滚

忘却的时间不停复活
一代又一代地去折腾
在折腾中去感受慈悲

2016 年 9 月 9 日

在风里修行

红尘缥缈
在浩瀚无垠里
四季的风从未停歇

我无时不在你的怀里
你用宽广
拥抱我的灵魂

我无力挣脱
只能在你的怀里
在你的怀里无尽地修行

我拄起自然的杖
思考着漏网和穷尽
从无意到痛苦地离世

天亮时的我
好清醒
暮夜时的我

似乎没有身影

一切都在
虚无的风里
唯有在风里
苦苦地修行

2016 年 9 月 27 日

夜

巍峨群山
那份永恒的骄傲
一到夜暮降临
变成如此无辜无色

峥嵘不见的黑夜
你的骄傲在哪呢
消失了我对你的尊崇
由此而想到人的卑微

风
一定是如剪的秋风
似乎在呐喊
原来是从容而永恒的自然

人
总是在争
不知道争到了什么
结果竟然是同路

原来仍然是

从容而永恒的自然

2016 年 10 月 1 日

窗前夜色

树影横斜
黑叶琉璃
不远处星光点点
哪座瑶池
亦景亦幻

伟大的造物主
平静以待
一掌扇拍复光阴
天地交合
妙喜更替

2016 年 10 月 2 日

春江自省

生命年华超程半。已暮秋风，幸自心平淡。

　　刚道勤郎略登高，旁人闲谈回眸笑。

今夜春江陪书郎，夜困叶慵，只因惺忪早。

　　劝己持戒浑未惯，无语先觉心力颤。

2016 年 10 月 16 日

睡　莲

站久了
很想做一朵睡莲
紧贴着水
静静地守候
守候着自己的梦

2016 年 10 月 17 日

辑四

悄悄的 一线光

愿听枯叶语

我从街巷走来
无意间
枯叶从我脸上滑落

无意相逢的喜悦
她似乎有很多话要说
我用今生倾听

凋谢本身就是语言
轮回在季节的期盼里
不是萧瑟的秋

是冬　是夏　是春天
是冷是暖是瑰丽
谁也不要拘泥于今天

2016 年 11 月 14 日

美丽的彷徨

阳光直奔而下
穿过山岳
穿越丛林
也穿越我封尘的
心灵

温和而柔顺
我的移动
变得婀娜而缠绵
幻化出千千思绪
不知归途何处

香烟在指间焚烧
滋生成条条细龙
随它而漫腾
直至消失无视

无常的力量
把控着

把控着这世况
我无力而彷徨

抿一口清茶
望尽苍穹
原来
人
就是自然模样

彷徨是思绪的美丽
连锁着多姿世界
十方万方而不绝
拾一片枯叶
去向往
万木朦胧的春天

2016 年 12 月 17 日

夜　读

深夜读陶公，
魂灵喜啸吟。
顾影独尽然，
明日欣复来。

2016 年 12 月 27 日

由不得

清风
唤醒了大地
亦唤醒了温暖

因为有了大寒

醒来
才能看到天空的蓝
才能知道自己活着

因为血还是热的

迎面
一缕的清风
一天的新鲜

因为心仍在飞扬

过往

是那么悠扬
把残酷甩开

因为时间甚好还在

2017 年 1 月 21 日

初二的天

云来了
起风了
初二下午的变化
四处消息传来
梅花　雪花　心中的花

是春节吗
杭州的街区静悄悄
寻根究底去了
一族强大的文化
挡不住的洪流
就像飘来的云

深思——风
犹如祖宗
立下了不朽的规矩
西北风
马上转换成东南风

瞄向多变的天空

云缝里露出蓝的眼睛

看向人间寥廓

屠苏和桃符

早已换了人间

一轮轮的角逐

春夏秋冬

都赢在人们的笑谈中

2017 年 1 月 29 日

孤　思

夜深无人语，
烛荧思！
还是一本人生书，
翻开全冷漠。

人心在飞转，
谁停留？
宁看行间眼神语，
幽怨均成空。

2017 年 1 月 30 日

悲 悯

严冬留残叶
风雨飘摇
看似挂树梢
误作柳初引

秋冬本二季
谁在痛苦
谁在熬
早已泪盈眶

2017 年 2 月 4 日

上东山禅寺即景

溪壑潺鸣，小桥幽架。
岩梨畅饮喜满山，洁素飞花散。
是春馨，拼却明朝丽艳。

虔诚菩提，妙有空无。
几朝僧人夕阳退，何语定智慧。
当下时，殿中千手观音。

2017 年 3 月 10 日

雨　程

夜行数十里，
满目春雨迷。
忙碌为何因？
心灵各自知。
相遇二月二，
缘分植心底。
描绘禅寺景，
何惧险路崎。

2017 年 3 月 12 日

韧

举樽不为怎，
万里河山只剩一，
你我哪逃，
又谁能遁，
即看春雨绵。

心定东山昨，
风雨怎能阻，
虽是耄年力已微，
老骥仍奋蹄。

2017 年 3 月 15 日

深夜听雨

在城市的蜗居里
雨棚发出的声音
在激情歌唱春分
岁岁年年的定义
全写在季节里
重于人间
胜似人间

如果我在山岗
听到的一定是
春分优雅的曲调
纷纷扬扬的气质
会把我彻底融化
愿意随她而歌唱

听着细吟
情怀逼真的念想
似风似雨
随春分而来

随花朵呼啸

耳中唯有雨声

心底唯存真诚

2017 年 3 月 20 日

线　瀑

空山不记人，
石上自有声。
细看白燕飞，
归去无行程。

2017 年 3 月 21 日

怀东山登高

胸层垒高台，
极目妙境在。
山村炊烟袅，
长啸忘自我。
伸手与天语，
杏花试春风。

2017 年 3 月 22 日

钱江雨醒

江岸雨觉醒，摇曳多姿，舞曲当是春天谱。

舟楫齐缓，只想观尽两岸景。

云雾难清，烟雨江南迷。

数桥横跨，说尽江南言语。

北岸君子秉心，莫高匪山，莫浚匪泉，无易由言。

此景当奇，鹰鹞飞驰。

2017 年 3 月 22 日路经钱塘江复兴大桥由感而发

书架上

书架上
陈列着骄傲
亦陈列杂质的世界
静静地守望
守望着各自的灵魂

灵魂提凝在这儿
无声的交错
有闭眼的
也有敞怀的
时间煮雨的列表

表达与托付
在一剪时光里驻足
而我且匍匐着
尊重着知识和神圣
于是我又挚诚地寻求

寻求着慈悲和善良

品着禅与茶的合一
在字里行间去放下
放下不是忘却……
书架上还在熠熠发光

2017 年 3 月 24 日

行　脚

设定了目标
让自己走得更快
携着春天的风
拥着鲜花的香

目标不着一尘
入尘而脱尘也
不言愁恨
不言憔悴

把微笑抛向空中
伴随我一块行走
行走到东
行走到西

快乐还不失浪漫
快乐还不失智性
带着唐诗如意
带上宋词记忆

托着钵的宽容
行脚在禅的智慧里
从清风昭昭
到明月朗朗

2017 年 3 月 24 日

落寞独守

杜鹃啼叫梦惊醒，穿越刻骨相思，连同红尘藩篱。
鲜艳不视，掩门紧闭。甘愿沉静淡淡吟。

桃花扇底已歌尽，哽咽花落几回春，流时谁能收。
把个愁，甩到西岸道别，宁可落寞独自守。

2017 年 3 月 25 日

楼台观景

一览景天舒，
身近花艳红。
倚榭观椰路，
开窗入怀中。

2017 年 3 月 26 日

光

没有记住的她
不知道她
什么时候出现
不曾多想
不曾预料
她出现了
出现在黑暗之后
是她的拯救吗
还是黑暗的胆怯

她把我的胸膛撕裂
正大光明地
进入我的每个毛孔
我没有拒绝
因为我无法拒绝
也不懂如何拒绝

她的魔力
在指向光明时

在照亮前行的脚步时
她会给你留下影子
并若即若离
并以她的存在而存在

光
也是影
谁也无法离开
跟着走吧
缘分尽了
她一定会自觉离开

2017 年 3 月 28 日

春 韵

雀在枝上啼，
叶逸到春季。
花开赋灿然，
满天唐宋诗。
今日雨霏霏，
晚间待月明。
若思东山寺，
远方有钟声。

2017 年 3 月 30 日

花　问

雨霏云蔽日，
花探盼天晴。
海棠问好奇，
因何杳冥冥。
春天关不住，
哪花不自喜。

2017 年 3 月 31 日

静

此时此刻
我的灵魂
属于你
驰骋在你
海一样的怀里

没有干扰
没有邪思
把我的全部
毫无顾忌地献给你
我的浅薄
你千万不要嫌弃

我不要很多
此时此刻
我愿把一切随你
活力和痴迷
执着和勇敢
一切的一切

你是简单的
你是平等的
我只是向往
你这一刻
我只是享受
你这一刻

原谅我
原谅我吧
我只是希望
一刻灵魂的安宁

2017 年 4 月 1 日

意　静

花山不思去，
成蹊置心中。
见花太伤情，
百日无乱红。

2017 年 4 月 5 日

杭州樱花

杭州樱花闹，
瓣瓣说情忙。
满目粉红谁探知，
忍触赏尽闹一时。
谁在树荫出诳语，
自由来去竟自如。

2017 年 4 月 6 日

随　化

把微笑送给春天
让春天一起带走

愿意跟随风的
就把心放飞

愿意伴往云的
就把眼睛轻轻闭上

愿意去赏花赏月的
可把相思如爱情抱紧

随化
一切都让他随化

风会跟着你我
一起飞笑
直至飞笑到老

云会伴随你我
一起柔化
直至柔化到终

花会跟着你我
由我们手舞足蹈

2017 年 4 月 8 日

树荫之下

想休闲
别想人生几何
蓝天很蓝
地域很宽
心里想的
就是自己主宰
别到处嚷嚷
别肚里嘀咕
乐着就去奔走
闷着喝口小酒
天地茫茫
岁月静好
别让烦恼把岁月蹉跎！

2017 年 4 月 8 日

云　思

红云飘来，一眼晃悠，问谁她可来？
　　笑笑，本无来去本无物。

云思飘去，若有相思，问你她可在？
　　默默，本无飘浮本无云。

2017 年 4 月 9 日

谁看着谁

探着头
看着这个春天

看着她悄悄地来
轻轻地走

她潇洒地
走向自己的舞台

展现自己的风采
你且如何呢

江清月近人
来者不由己

一切众生
都在芦花般地走远

如果有叹息

不须看春天

来来往往的人
惊艳着花千万朵

2017 年 4 月 15 日

停止在那瞬间

花落的时刻
从空中到地上

不仅仅是飘落
还有那性情的潇洒

愿意看这瞬间

诗情词意
欢乐忧郁

绽放后的壮丽

就这瞬间

怀人怀春
一眼千秋

把个春天看透

就这般默默

停止在那瞬间

毅然决然地

永驻在感伤和追求间

2017 年 4 月 15 日

淡　定

诗字在仙境，
孤鹜落霞间。
踱步方寸里，
心无杂尘染。

2017 年 4 月 15 日

不休得休

我老了可以上山
与晨钟暮鼓相伴
尚可鸟瞰江山娇美
依云遐想往事
靠树闲眼蓝天

想蹒跚前行
全凭那枝竹杖
还可任意敲敲打打
寻兰挖笋嗅蔷薇
听听雨声杜鹃啼

再也莫闻
三界纷扰扰
还不是
无去无来不生灭

澄然在山水间
不读柳永如是词

只读王维司空曙
那时早已忘却营营
只听空中惊鸟雀

2017 年 4 月 16 日

孤　坐

一番美景已过，当心静，爱孤坐。

除却怵惕，心振往事如风。错了，一切随云忍顾。

伸出手，捻捏时光，待旭日升照。

听谁呼召，任凭杜鹃啼血。亦是歌声，亦是恩。

往日曲调，也就是，半琴半弦半声张。何责人事？

我先行，你亦随。欲予欲求，只消俗事了。

2017 年 4 月 18 日

煮　水

当你走向高度
就会发出自己的声音

欢乐在透明里
直至雾化虚化

一种慢慢的改变
一种向上的精神

有点无畏无惧
也有点羞羞答答

喜欢你的歌唱
喜欢你沸腾起舞

喜欢你顺势而为
喜欢你在欢乐中升华

我看着你的纯粹

你走着幻化的路

我折服你的升华

你在轮回里呼唤

2017 年 4 月 18 日

归　向

独向东，
此时无凝滞。
谋先心已走，
即看命定数。
古人言，
人事当预。
此时不动何时动，
步步营盘胸中数。
垂暮太久，
趁早清，
将心归去！

2017 年 4 月 18 日

只顾安静行走

春来了
我不知道
夏来了
我记不得
我只顾安静行走

云来了
我仰望绽笑
风来了
我伸手领略
我只顾安静行走

花开了
我在细细品赏
花谢了
我与她一起同往
我只顾安静行走

思考了

全是无聊过往
前瞻了
我只顾安静行走

我只顾安静行走

2017 年 4 月 21 日

愿与溪流松风共修

我把前世的心愿
放在真诚的掌心里
愿意与山水共合

看看云飘的自在
听听松风的声音

修行
不听 不见 不想

溪涧的石
溪流的水
还有我的心仪

并同这苍翠
并同这松竹
并同我的前生今世

安稳在松风溪流隙

静好在云顶天池边
默修在不知不觉间

2017 年 4 月 22 日

春亦将去

明媚眼前醉花中，
不觉春暖几回和。
闻风千山满娇翠，
独坐溪涧一心修。

2017 年 4 月 22 日

深山故事

一片绿叶
告诉我
大山很多故事
青山　绿水　姑娘
松柏　悬崖　炊烟

一湾溪水
轻轻唱出
山里优美的歌
雄壮　峻峭　巍峨

一条青龙
坚毅地潜卧着
似乎要随时出击
似乎要瞬间飞天

一个村庄
红瓦下的神秘
演绎着美好传说

山伢和山母娘娘

一位鬓翁
捧着幼稚的钵
想装进许多美好
只怪自己太渺小

2017 年 4 月 30 日

春雨告诉我

如果一梦难醒
是否可以无梦
切莫瘦减了青春

春雨告诉我
一切都会过去
过去是梦的消失

难醒的梦太沉重
不要怨责这春天
春天的花如是说

春雨还告诉我
去尽了铅华
明月才无忧

2017 年 5 月 2 日

辑五

人间四时客

立　夏

今夏初定日，
东皋乌云聚。
谁惹汝情绪，
可邀西山雨。
江映云绰影，
群山有期许。
楚天媚神目，
欢喜竞穿梭。

2017 年 5 月 5 日

孤独的光芒

暮夜时刻
走向心灵的天台
黑暗沉浸在
与白天缠绵的骄傲中

我用微笑
迎接着孤独的遥望
屋顶是宁静的希望
思考人的独来独往

我的灵性与空旷相融
身边是伊甸园的格调
我怀疑着
此时的我是我吗

轻轻地抬眼
我已飞翔
飞向银河的荣耀
因为月亮早守候着

我用我的善良寻找
星星在哪呢
星星也在寻找
都在遥远的一个点上

神也许是爱神
照亮了爱的通道
星星月亮和我
紧紧地拥抱……

2017 年 5 月 6 日

岁月荡层云

你若有美心，
花草亦有情。
点墨浸寸心，
诗书寄余生。
生生滋不息，
美诚亦无垠。
岁月荡层云，
经卷垒佛塔。

2017 年 5 月 7 日

清纯之光

划燃一根火柴
把自己心照亮

地球沉稳转着
你有多少知觉

花瓣落在肩上
喜悦还是惆怅

春的痕迹未消
夏又热情而上

时间创造惊喜
切莫忘了自己

一缕清纯之光
你来留住多少

2017 年 5 月 7 日

乐着等待黑暗

静谧中
发出的声音
把人类唤醒
我在质疑
光明与黑暗
无尽地
折磨着人的灵魂
灵魂成了
光明和黑暗的战场

谁把人类拯救
宗教哲学科学
还是文化艺术
是金钱财富
还是人的自我选择
时间和阶段
命运和时代
光明和黑暗

浪漫沉闷枯燥
中药房里的热闹
选择在各个罐子里
受尽煎熬的功效
对应性地正确选择
日出日落
天晴雨云
朗月清风
让所有情境寂灭

运动便是一切
还有活着的思维
无穷无尽
死了也没有完
所以尼采疯了
堂吉诃德留下
史诗全是神话
笑着去读光明
乐着去等黑暗

2017 年 5 月 10 日

夏　光

初夏的光
温婉而热烈
淡白而性柔
我伸出幻化的手
捧住这美好时光

爱在播撒
微笑给了人间
大地披上新装
大鹏一日同时起啊
扶摇直上九万里

我赏尽这夏的光
把我的五藏晒干净
长日风静
远眺万里
极目江山多娇丽

不想睡去

不想离去
花落自有归去
晋风吹来
自愿醉在诗词赋

这夏初夏
谁能歌尽
万里无云万里天
谁能写尽
昆仑玉境中华地

2017 年 5 月 13 日

远眺西湖

一山绵群山，
双塔峙南北。
苏白堤岸绿，
湖镜映霞红。
吾在高处看，
仙境应不遐。
归来仍历历，
竞渡在胸怀。

2017 年 5 月 18 日

喝　茶

一杯清茶午时醒，
片片叶叶沉深情。
屏气凝神茗香溢，
吻润肌骨通仙灵。

2017 年 5 月 20 日

半梦半醒

沉沉梦醒，
似午时时分，
难辨昼夜。
好觉汴梁行尽。
又回来，
初夏鹧鸪低吟。

别绪如丝，
哪月何年梦不成。
那堪孤梦枕，
愁味谁酿？
忽见你，
柳河岸。
儿孙绕膝拄杖行，
河中鸳鸯凄，
乃又入梦里。

2017 年 5 月 20 日

枇　杷

好像是金阙的倒置
树枝上挂着缩小的头颅

色彩让自然决定
思考全放在核里

头颅的成热
是被叶子欺骗

于是抢着去成熟
于是把头颅放在篮里

进了千家万户
成了剥皮的头颅

没有嘶喊也没有血
无非要知道我的思想

喜欢真相的人们

尝到了我的味道

止了你们的咳
我的灵魂是棕褐色

2017 年 5 月 25 日

一壶记忆的酒

酿久了
味道总会醇
是好酒
总想去喝一口

人老了
好像也有味
有记忆
总会慢慢泛起

尘世浮华
有心酸也有光华
想忘记
连同尘土和风景

年轮的时间
谁也不由自己说
像一壶酒
有时浓烈有时淡

随着云

有时走得太快

随着风

有时显得寒冷

夜深了

酒变得清醒

月亮了

人变得糊涂

一壶记忆的酒

醇厚香绵

倒不尽啊

也喝不完

2017 年 5 月 27 日

田园风光

春去也，夏已红，田陌正盛中。
豆挂枝间欣起舞，瓜瓜喜相逢。
好夏日，回眸处处显葱葱。
埂上行遍，南瓜且在羞涩中。
何必浮名束，百感都随流水去。
田园当是吾归宿，一身倾种墙阴绿。

2017 年 5 月 28 日

清幽的山村

生命的汁液
悄悄地流动
农民高兴了
土地滋润了
风凉了
初夏的天
清幽的山村
开始绚丽
万物轻轻地
在走向自我

听着雨的声音
去辨别它的心意
绿叶心仪的方寸
在我心中飘逸
林苑在即兴讨论
蜻蜓沉默着
画眉鸟
发出英雄的号令

谁进入
我就和它决斗
请你们仔细地听
早晨有我优美的歌声

这银丝的交织
是不是夏的相思
没有人敢设问
唯有自己问自己
到底是何种原因
不在春季且在夏季
丝瓜花和南瓜花
早在悄悄地飞吻

晨鸡呼唤着太阳
寂寞笼罩着月亮
天空在孕育
生命的汁液
在播撒灼热和炽红
从此蝉不会疲惫
小小的萤火虫
点燃了夏的长命灯

2017 年 6 月 9 日

空　巢

乡村的路上
各样的树在站岗
我穿行着
看到了老树上的鸟巢

这鸟巢
曾经有过温暖和幸运
如今去哪儿了
思绪期待在一旁

沉默了多久
这一家去哪儿了
我无处考证
我的眼眶开始潮湿

胸膛在起伏
伸展得如这老树的枝
他们走了
他们升上了天国

这寂静和悲伤

无人能够料想

高高的灵魂在树下祈祷

安息吧，永远不要回来

2017 年 6 月 10 日

生命天地

站在树下
一叶飘落
天地众生慈悲
在于亲民
在明明德
在于止于至善

仰天而思
俯地而绪
不胜生命也乎
谁在劳碌
谁在奔波
吞吐长虹息叹

风雨雷电
呼啸万里晴空
独思求索
来者何处
去者何方

天地悠悠浮荡

日月星辰
苍穹无垠虚腾
一生行程
谁予评说
来去无踪
生命天地自如

2017 年 6 月 10 日

命　运

雨停了
天空飘下一张
乳白色的纸
让我们写下自己的命运

仔细听
森林的鸟
早就在展开讨论
我们的出路
绝不是冲出丛林

好好想
风为何走了
命运就宛如
一朵漂泊的云

去感觉
酣睡时的畅快
醒来却是

选择错了的战场

其实命运
我们每天都在图画
或许是轻轻的歌吧
也许是我自导自演的电影

2017 年 6 月 14 日

淡　令

一帘风舞，碧霄飞跨，
惬意缕丝拥韵蓝，是空是色，
素海尽览，游目骋怀，
羲之高管，足以畅叙幽情也。

双眼所限，美审一隅，
欲说唯美论春秋，是有是久，
苍穹茫茫，向之所欣，
江郎才尽，淡泊雅静足风流。

2017 年 6 月 17 日

静静地

山河以它的从容
诠释人生的情愫
向前和回转
都有自己的理由

天黑天亮的分界
让人莫名犹豫
明天是那么不可捉摸
象征　梦幻

伫立在每个岔口
深深浅浅地反省着
我要什么
我将走向何处

望尽天涯咫尺
人生在醒醉之间
伸手什么都不可触摸
转弯的河还是那条河

心中的那个字
掌中的那颗痣
我愿写在山河里
连同那从容静静地奔流

2017 年 6 月 3 日

做一回忘却的仙客

总是模糊着
去寻找

寻找那份美
寻找那丝善

时间喜欢挑战
我亦知道

繁华匆匆
而匆匆的把握亦是美

故说
没有十全十美

我会自觉地低下头来
是愧疚吗

仰起头

久久地望着天空

总会有那么点沉重
我知道和风烟俱尽

可这一剪光阴的相隔
总是那么厚重与难忘

多少文人墨客
在呻吟中构造这凄美

情感的协奏
总是在水一方

扳着指头
何止行程两万里

轻轻地一笑
把心头的事放下

可以迎着炎热的肆虐
让汗珠悄悄闪亮

炽热的心

慢慢冷却

慢慢趋向平静
慢慢在红尘中丢掉这躯壳

让凉风在指间溜过
去感受那瞬间的美

去感受那瞬间的善
去灵山做一回忘却的仙客

2017 年 7 月 8 日

守候着心灵的小屋

我沿着曲径
走进画里
山山水水啊
万物都是那样仙灵

二十年甚至更长
走进去
一直没有出来
不仅仅是欣赏

一花一木
虫鸣鸟啼
被所有陶醉
醺醺乎未醒

听说
万物有情
不是眼睛的迷乱
却被自己的心揉碎

山坳边
有一间
围着白脖的小屋
但我一直不曾走进

不知道
里面还有什么
屋有心吗
屋有情吗

断断续续
沿着潺潺溪流
但小屋在我左右
好像微微地开着小窗

它在窥探我
还是在窥探自然
为何门不敢打开
里面是否有人在打坐

这是个千年的谜团
谁能去开它的门
谁去解读它的心
谁有魔力去承载

松风间
我看着白云
似乎也守着这间小屋
朗月时段我才悄悄地走开

周而复始
把美丽留给这画
把神秘放置在小屋
我徜徉在小屋的周围

我喜欢守候
我喜欢欣赏
我一直在画里
守候着心灵的小屋

2017 年 7 月 8 日

热

所有的理由都是自找
就像这三伏的汗
说来就来
快活的汗腺张了大嘴

空调的强迫下
汗与热吻别
理由还是继续存在
因为我要找个理由

记得那早年岁月
我成长在暴晒的磨炼中
黑油油的背
抗争就靠那一身臭汗

当初热成的黑礁石
经受了热浪的烤灼
风纪扣还是扣得严严的
因为头上的红星在闪烁

农民与士兵的印记
就是那道秦长城
永恒地筑在心的正中
没有也不想告别

不仅仅是沙漠般的回忆
还有被煎熬成铁的意志
仍然在苍白半坡中坚挺
在黑暗淤积中默默沉静

2017 年 7 月 15 日

一洼水的清凉

寻找一洼水
去探探清凉世界

杭州热了
难觅鹊桥的云汉

断桥边
走失的花伞没有回来

三潭印月
留下的早不是那弯月

是不是因为太热
热茶还是要喝一杯

还是让心一安
还是让心有一洼水

呼吸是风

可以让水起一帘涟漪

凉会徐徐而来
心可慢慢静下来

2017 年 7 月 22 日

芰荷香满

问楚天热几许？
算是有度已无度。

谁赴凤池，
也敢戴个瓜皮盖。

又重日，
度度升温。

室内室外几无异，
人人张灯结彩。

可无奈，
知了嘶吼谁理会。

你可看见？
那个湖里鹬鹕鸳鸯会。

好勇敢，

仍有人去溜一圈。

美无罪哦，
芰荷香满西湖畔。

2017 年 7 月 24 日

去向黄昏

夕阳的转角处
总在自觉地回眸

这撒播的霞
如少女飘逸的长发

每一个旋转
都会有一朵云

与你告别
告别在这转角处

总是在这时刻
展现绚丽和凄别

用颜色留下千言万语
用灵性寄托千情万种

喜欢在这一刻停留

太阳总是微笑着

笑容告诉我
她要去向黄昏甚至更远

2017 年 7 月 27 日

观　星

当星星高挂
它永远若有所思的形象
总是让我着迷
究竟是在躲藏还是思考

是力量吗
似乎全不是
因为它没有想象的壮烈
唯有夜间才显芳容

是否把美放在间段里
才能有所谓的永恒
它不够悲壮
缺少配色　　缺少了多彩

动物是否都在喜好中度过
是否喜欢创造悲壮和苍凉
悲壮是坚挺个性的逼迫
是一种一目了然的完成

有时总会觉得
星星是最苍凉的
星星随时在给启示
它本身也是一种启示

谁喜欢这种观察和思考
是云是雨是雷是风
还有我

2017 年 7 月 27 日

夏日乡村

夕阳醉山岗，
倦鸟归林迟。
夜临风幽瑟，
乡村袅烟奇。

2017 年 7 月 29 日

醉　了

一直在等
雨没有下
这浅浅的岁月
我醉了
这逆向的春
雨何时下呀
这莫明的岁月
我醉了

月亮躲了
谁约黄昏后
雨不想下
我醉了
谁在低吟
谁在等谁呀
雨还是没有下
我醉了

醉了的岁月

谁为我浅唱
雨不敢下
我醉了
谁在忧愁
这醉的岁月
雨还想下吗
我醉了

谁数红豆
秋要来了
这干涩的雨
我醉了
风要凉了
又有几分沉重
雨会下吗
我醉了

有过深情岁月
你痴迷的眼神
雨过了吗
我醉了

2017 年 8 月 2 日

［后记］

  自 2016 年 8 月出版第一本诗集《心属远方》后，一度的喜悦让我进入更加梦幻的境地：惭愧、忧郁、胡思乱想……不该名曰诗集的成了诗集，该让人给写个序又羞于起口，一直陷于狂躁与不安中。

  大概是经历过坎坷的人，特别珍重历史，特别珍惜情感，也特别珍爱朋友。于是再次提笔，用数年时间写就了《心藏青云》《心闻妙香》《心清自在》这三本诗集。记录着这段时间的灵魂碎片，率性随意地表达了自己人生的教训、忧伤、追求、真挚、执着和向往的深婉情感。这些语句成了我抚慰和滋润心灵的寄托，文字里有刚性品格对丑恶的鞭挞，对青春的追忆，对爱情咏叹的柔软情思，还有芳华年代所失去的精神与情愫、犹豫与怀疑，也记录着对事业美好追求中遭遇的伤痛和裂痕，总想把自己的历史和情感还原得真实和丰满些。

  当初在中国人民大学就读时有幸遇到庞贞强同

学，那时他已经是著名诗人了。他曾经送我两本诗集，给了我极大的启迪和鼓舞，让我感受了诗人的品格和诗的魅力。

与文字为伴是我人生的一大乐趣，但也是有意无意地叨扰了家人和朋友，在此表示歉意和谢意。在写就和编辑的过程中尤其得到家人及李滢、李炜两位硕士研究生的大力支持和帮助，在出版过程中又得到了浙江工商大学出版社社长鲍观明、编辑张莉娅的悉心指导，在此一并表示衷心的感谢！

这是我的诗稿第一次作为套书出版。因本人水平有限，定有诸多疏漏和不当之处，望读者朋友们给予斧正，再次感谢！

作 者

2017 年 12 月

◎ 文心诗梦

心闻

妙香

张国浩 著

浙江工商大学出版社

图书在版编目（CIP）数据

心闻妙香 / 张国浩著 . — 杭州：浙江工商大学出版社，2018.4

（文心诗梦）

ISBN 978-7-5178-2653-8

Ⅰ . ①心… Ⅱ . ①张… Ⅲ . ①诗集 – 中国 – 当代 Ⅳ . ① I227

中国版本图书馆 CIP 数据核字 (2018) 第 056399 号

心闻妙香

张国浩　著

责任编辑	张莉娅　田　慧
封面设计	叶泽雯
责任印制	包建辉
出版发行	浙江工商大学出版社
	（杭州市教工路 198 号　邮政编码 310012）
	（E-mail：zjgsupress@163.com）
	电话：0571-88904980，88831806（传真）
排　　版	庆春籍研室
印　　刷	杭州高腾印务有限公司
开　　本	880mm×1230mm　1/32
印　　张	9.25
字　　数	171 千
版 印 次	2018 年 4 月第 1 版　2018 年 4 月第 1 次印刷
书　　号	ISBN 978-7-5178-2653-8
定　　价	118.00 元（共 3 册）

版权所有　翻印必究　印装差错　负责调换

浙江工商大学出版社营销部邮购电话　0571-88904970

　　张国浩，1955 年出生，博士，曾在军队、政府、银行任职。有一颗童真的心，喜欢魔幻思维，喜欢艺术生活，喜欢笔墨人生。爱好哲学、文学、史学、经济学、金融学。曾出版诗集《心属远方》。

[序一]

张国浩诗集《文心诗梦》序

张　穹

　　张国浩先生说："我的文字，非诗、非词、非文，这是我人生的灵魂碎片，如同铸造生命的拾荒者一样，把这些碎片一一拾起，再拼凑出一个完整的、纯洁的和原始的灵魂。"国浩先生长期从事金融工作，退休后痴迷于诗歌，找到了灵魂的归宿。每日笔耕不辍，硕果累累。已经出版了一本诗集《心属远方》，现在三本诗集《心藏青云》《心闻妙香》《心清自在》又将付印。国画家能够画出灵魂的是大写意的画作，书法家能够写出灵魂的是狂草的作品，诗人能够写出灵魂的是古体诗、自由诗等。但这绝非易事，必须把整个心灵都融入大自然、社会当中，必须超脱

自我，必须身心融通。以此而言，国浩先生每天都是乐乐陶陶、怡然自得、满面春风、神采奕奕。所以，他能放松身心，写出轻松、自由、欢快的诗，在净化自己灵魂的同时，又鼓励人们向往美好的生活，带给人们精神上的正能量。

在诗人眼里，人的绝对价值和神圣价值的实现不在别处，而在于我们这个短暂的、有限的人生之中，在于一朵花、一株草、一片动人的风景之中，在于自我心灵的解放之中，在于对个体生命的有限存在和有限意义的超越之中。在向世界敞开胸怀的过程中，"沉醉"成为最具诗性的生命体验。故以"心"之寓意为书名，观自我之人生，沉醉于自然，沉醉于思想，沉醉于诗歌和艺术，沉醉于美的神圣体验。

诗人把诗歌作为道来尊崇。与道同行，诗词同道。人生求道，人生写诗。躬行诗词之道，骏马、西风、大旗；持恒诗词正道，奇山、长河、羁旅；大美诗词之道，水流、花开、心涤。道不外求，道法自然，与道同行，道容天地。所以诗人宽心、自由地拥抱大自然，在其中体会诗词之道。国浩先生的诗歌读起来像走在悟道之路上，若有所得，若有所爱。读着读着，我们突然发现，岁月总与沧桑相关，无常才是人生的常态。花开一季，人活一世，只有时光安然无恙。那些转错的弯，那些流下的泪，那些滴下的汗，不论好坏，终究成全了现在的自己。

与国浩先生相识已久，我们在一起，有相见恨晚的感觉。国浩先生让我给他的诗集写序，我并不精于此道，特别是诗词方面更是外行，但感到为这些诗集写序很有意思，遂欣然从命。最难能可贵的是国浩先生在极其繁忙的事务中，每天坚持抽出一定时间来关注自己的精神生活，追求自我的道德完善，追求诗歌之道，养浩然正气，并以自己的诗词滋润他人。国浩先生夜夜耕耘不断，孜孜不倦地创作，这种精神是很感人的。"与其出世，莫如思诚"，如《大学》中曰，"自天子以至于庶人，壹是皆以修身为本"，如此持之以恒，家可以齐，国可以治，风花雪月的理想和现实都有可能。是以为序。

张 穹

全国政协社会与法制委员会副主任委员、国务院反垄断委员会专家组组长。原国务院法制办公室副主任，最高人民检察院党组成员、副检察长、检察委员会委员、大检察官，中国行为法学会副会长、金融法律行为研究会会长，党的十五大、十六大、十七大代表。长期从事立法、司法工作，在经济法、民商法及刑事法律研究领域颇有建树。先后受聘为中国人民大学刑事法律研究中心顾问、中华文化促进会顾问、中国人民法制网专家委员会顾问、中国法学会刑法刑诉法研究会顾问、中国人民大学兼职教授、中国政法大学博士生导师、北京大学经济研究中心特约研究员、华南师范大学法学院兼职教授等。

诗眸世睫　心香远方
——序张国浩诗集《文心诗梦》

庞贞强

　　曾经和国浩兄同窗于中国人民大学。那时不曾谈及诗和诗艺。毕业时，薄赠本人诗集两本，即后，天各一方。今想，定是心心相印。2016年，知兄诗集《心属远方》问世，甚向往。今收到洋洋洒洒的《文心诗梦》的三本诗集样稿《心藏青云》《心闻妙香》《心清自在》，遂迫不及待通宵阅读，阅后慨叹诗人"用世为心"的幽兰之洁。

　　我始终坚信，诗歌是世间最美好的选择！

　　张国浩就是一位选择了"诗意栖居"的人。1955年出生的他，曾在部队、政府、银行任职，又攻读了博士。他所历所思一定是独特的。他既有诗人的"独特个性精神气质"，又充满"诗人的责任感使命感及大爱"，正如他自己所说，大概是经历过坎坷的人，特别珍重历史，特别珍惜情感，也特别珍爱朋友。诗人反复提及的"珍"字，其实就已经浓缩了他的价值观和我们时代应该保留和追回的共同情感。

《心藏青云》《心闻妙香》《心清自在》不恰恰对照了珍惜、珍重、珍爱的三境界和诗歌的"真善美"三原素吗？藏－惜－善，闻－重－真，清－爱－美，当把这三本诗集名中第二字，诗人的三个价值观，以及诗歌三原素对应，且把那个"珍"加入每个字之前，你会发现这就是诗人，这就是时代诉求。

《心藏青云》：心中一片白云，内心怎会无雨？诗人的内心要藏一切，就是格局。内心无云，自然干涸。藏是要有容、有经历、有自觉的。我解读的"吸引力法则"是当你对某件事怀有强烈渴望时，与这件事有关的有利因素就会莫名其妙地出现。诗人所"惜"即他的初心和想保留给自己的，都是"悲悯"后的接纳和原谅，那么他引来的一定也是善果，珍惜之果。"一支长篙／无意地萌芽／恍然间成了拐杖／撑了很久很久"（《慢慢行走》），长篙上的萌芽，只是一点点嫩绿，怎么可成拐杖支撑漫路？但诗人相信，用心虔诚支撑，那嫩芽便扶住了人生，这是一种对善念的企望；"鲜活在自己心里／死去在别人眼里／一切是平的／无非自己不平"(《风暴》)，这是诗人在呼唤善行，感激所遇。这已经不是简单的善念，而是在呼吁这一代人应该怎么去活！

《心闻妙香》：诗人是灵光一闪的宇宙代言者。世间多杂态，诗心自幽之。对外界的感觉、感知、感通的发心决定了诗的品相。一个"闻"字恰当其衷。不是仅鼻息的"闻"，而是动用一切感知及心触的"闻"，是不敢怠慢的"闻"，迫不及待的"闻"。如此怎么能不"珍重"，又怎么能不"真"！这就是诗歌的生命——真实，真挚，真情。翻开《心闻妙香》随处可见这种珍重。"十年老雕女儿红／杯响处／螺笑人欢"(《海边故事》)，这是场景的真实；"天际知道／自己的边界吗？／是鸟飞过的踪径／还是人目测的距离"(《白云之问》)，这是情绪的真实；"黑在创造／创造着人类的生命／亦在毁灭／毁灭着可用的时间／把生命搅拌着"(《夜深别样》)，这是情感的真挚；"历史是历史／你就是你／我就是我／我你就是历史／历史留下的就是／你我的背影"(《你我的背影》)，这样的诗句，已经是真情的升华，此刻他脑中浮现的，应是某个瞬间的内心呐喊，无论怎样，必须对背影认真珍重。

《心清自在》：清清之心可对青山，可赴流水，可沐白云，可随琴音。"清"则万籁俱寂，宁静致远。充满怨恨的心是不会"清"的，如充满污垢的河一

般。达到此境，自是用爱心成就。"遇见便恭敬，遇到便接受，舍己而不得，是为善因，人人种下善因，世间便是莲花。"是的，人人拿出爱心，就都能找到自己的"安好之所"。这就是诗人追求的"自在"，这岂不是"大美"！"乡村的路上／各样的树在站岗／我穿行着／看到了老树上的鸟巢"（《空巢》），诗人把老树比作在家渴望儿女回来的老人，渴望蓝天下鸟巢的温暖，其实回家就是孝顺；"一花一木／虫鸣鸟啼／被所有陶醉／醺醺乎未醒"（《守候着心灵的小屋》），诗人想说，爱大自然吧，梦都在其间；"踏上火轮／做一次哪吒／把过往碾在脚下／前方有金秋"（《解放自己》），诗人渴望的金秋不就是我们儿时平和的瞩目吗？看着妈妈，看着天地，看着宇宙，用一颗初心！

《心藏青云》《心闻妙香》《心清自在》及诗人的"珍惜""珍重""珍爱"不正是诗人的诗意人生吗！有了这三"珍"，我坚信国浩兄的诗歌之路一定是坚实而充满梦幻的。

是为序。

2017 年 12 月 24 日晨

庞贞强

1970 年出生于乌鲁木齐，1991 年进入新疆师范大学工艺美术系学习，现定居包头。内蒙古作协会员，包头昆都仑区作协副主席，中国诗歌网 2018 年和 2019 年签约驻站诗人。热爱诗歌创作，已出版诗集 8 本。高产的诗人，目前已写诗 1 万多首。

目录

辑一
不羁的风

辑二
岁月久悠增

辑三
幽夜的娉婷

辑四
天光云影共徘徊

辑五

楼上有人独自愁

辑六
大地上的悲悯

辑一

不羁的风

春

谁惹春风

如此激动

一拂满山红

花不尽

月无穷

花蕊春风两心同

竞自由

云香袖

你来我往情相融

今日桃花别样红

千丝杨柳

流年晓镜

怅惘总在人离去

不知何日又落红

2014 年 3 月 18 日

海边故事

海南风疾

春雨横飘

奔朋友喜洋餐厅而来

一声吆喝

香蕉螺杧果螺

还有老虎鱼刺身

乐乎

情哉

十年老雕女儿红

杯响处

螺笑人欢

畅饮一杯又一杯

本次再来

还想再来

神州半岛第一湾

此时当饮

莫问醉与不醉

斜望窗外

景色如此娇美

怎能让我不醉

来来来

方休当饮千百杯

2014 年 3 月 21 日

爱

两处生根，
一样透明素纯。
两杯清水，
同时生长淡然。
突破瓶颈，
寻找绽放的爱。
有爱一定会生长，
叶挺着她们花开，
开出天生的绝配。
生与长，
自然造化。
生命天赋，
从来也没有排斥爱。
一根爱的红线，
牵手一边倾情。
紧握爱的势发，
相依爱的浪漫。
爱，
长相守，

守在消磨。

消磨是风，

消磨是雨，

消磨是雷。

爱，静静守候。

爱，淡淡相伴。

爱，默默无语。

爱，喜忧共沐。

2014 年 3 月 30 日

等待你来

河边小屋，
敞着大门。

淡淡的光，
射出期待。

一年四季，
门前花开。

庭院桌椅，
席宴无莺。

等待你来，
清风莫推。

2014 年 4 月 5 日

生 命

不看一叶，
怎知鲜艳。

朝气蓬勃，
只是眼前。

明天谁知，
谁也不知。

时时是生，
命是滴答。

当下不惜，
何言明日？

2014 年 4 月 4 日

寻找童年的梦

穿过丛林

踏过荆棘

翻越山岗

搜寻童年的梦

一片竹叶

从头顶坠落

四十个春夏秋冬

思念妆点了群山

努力埋没了浪漫

还是那片松林

仍是那墙桃花

就是见不到

红遍满山的杜鹃花

甚好还有幽幽的兰香

拾回了那份童趣

小溪捕鱼

上山砍柴

山岗上传来的孤独狼嗥

曾经留下的恐惧

曾经难熬的严冬

最欢的

还是牛背上的牧歌

最忆的

还是青黄不接的饥饿

自然还有书包里的梦

还有校长的训斥

还有桥头的斗恶

还有父母的辛苦

谁都有回首

回首的是

童年油菜花般的梦

2014 年 4 月 6 日

山涧水

山涧水
凌厉冲拓出心的江河
江河是我精神的血液
与岸凝成了欢腾亲情

浪花自觉欢笑
波涛记下流淌
流淌的史卷
谱写了喜怒哀乐
诠释人间悲欢离合

下雨了
融入世道悲悯
书写人间辛酸

风来了
把我推向广阔
让血液沸腾激荡

云来了
我寻找着回归的路
我丰满着山涧的水

山涧水
记录着流淌的快感
回味着大海的永恒

一朵花
百日后的凋零
留下的是尽情
绽放的壮丽
与山涧相拥

沉醉沉醉
痴梦在深山峻岭
痴迷在山高水长

2014 年 4 月 13 日

苏堤朗月

消磨了午时光阴
月亮悄悄地登上了树梢
朦胧中映出了苏堤

春晓的夜晚
太阳拥抱了月亮
天使绽笑的酒窝
成了这美丽西湖

一颗孤寂的星星
静静地依偎着月亮
凄美绝伦的神韵
温暖了西湖的心

堤上散散的行人
你可知我的心事
柳影湖中的婀娜
是谁留下的子孙

月星人堤影

共舞在清烁瑶池

苏堤疏隐

月亮朗朗

是谁巧筑了天堂

2014 年 4 月 14 日晚于苏堤

六桥烟柳

酒到八分
再走西堤
秦时明月今夜云

云月离合
西湖印象
一剧千年凄舞

心间悠扬
彩灯忐忑
别样风月云彩

天上人间
变化在即
朗朗乾坤不息

月忧月喜
时隐时显
哼填哪首宋词

跨虹一步

映波收足

醉在春晓拂柳时

2014 年 4 月 15 日

春　色

曾记一夜看春色，
酒劲消逝倩燕寒。
青柳不记那容颜，
携手作别悔溪岸。

2014 年 4 月 23 日

丽江行

燕飞数千里，
归来尚无时。
心仪丽江去，
迟迟未起行。

2014 年 4 月 28 日

喝　酒

一杯红酒八瓶开，

一口添红兴自来。

一语甜言又兄弟，

一碰叮当无陌生。

一举更是友情在，

一壶闯出大世界。

一筷扫清寰宇菜，

一点洞明哪时代？

2014 年 4 月 28 日

丽江魂

天空飘来
一朵洁白的云
掉落在这座古城
千年的梦演绎成真
爱情街石
一并慢化

邂逅
在五百年的时空里
让人忘了伤痛
忘了血涌动的悔恨
晴空的笑
给了一梦的向往

三百年的浓度
顿时又化作淡淡的云
化作天雨
化作淡淡的爱
印刻在青石上

静静地读懂她的意义
留下心的期待

在深巷中久久守候
直至古街青灯的光
慢慢消逝
直至风车发出神圣的声音
再度奔向心的宁静
奔向玉龙雪山般的永恒

2014 年 5 月 1 日

五月的丽江

五月的丽江
熏香的风
还有那
不时的流星雨
淅淅沥沥
绽出人间多少故事

五月的阳光
丽江的云
还有那
街上七彩的裙
踟蹰寸寸
迈向未知瞬息人生

五月的花朵
丽江的水
还有那
城下潺潺的溪
回眸迟迟

摄下风花雪月语影

五月的丽江
悄悄的情
还有那
纳西八百年历史
鼓声阵阵
播放披星戴月思程

2014 年 5 月 2 日

城河小思

小河城中过，
桥上人陌路。
杨柳轻依依，
云风共悠悠。
倚栏人独酌，
小楼谁与共？

2014 年 5 月 3 日

迷

　　爱的霞岸
　　全是玫瑰花卉
　　阻隔的流水
　　总是猜不透此岸
　　眨眼的光
　　照亮的并不久远

　　爱的东岸
　　全是眼干徘徊
　　无情的流水
　　总是看不清彼岸
　　五月的雨
　　滋润着心的干旱

　　爱的天空
　　全是岁月丰满
　　东去的流水
　　总是追逐着大海
　　夏天的风

吹暖了春的纠缠

爱的夜晚
全是时光情愫
生命的流水
总是往复着相怨
帷幕的花
祈福了衾的忘怀

2014 年 5 月 22 日

夏的梦呓

有几滴雨
捎来夏的信号
拍打的声音
轻轻融入梦乡
梦想的路是夏

夏的温度
是一种豪迈
是迈向成熟的脚步

一步是一季
一步是一年
一步是一生
一步是一滴

一滴的声音
传播着夏的浪漫
下落
无知

无觉
无明

这几滴雨
成了
春的告别
夏的迎接
成了
自身的永别
绿叶的美丽

细听她的清晰
感觉她的温柔
她清脆的脚步在加剧
我心跳的频率在起舞

来了
走了
近了
远了

那几滴雨
我可看清
我可听见

就在我的手心滑落

留下手心的滋润
留下手心的凝眸
不是雨的声音
不是雨的滋润
而是相思的梦呓
而是手机的铃声

雨滴
铃声
相闻
痴情

2015 年 5 月 25 日

梦的轮回

从妈妈怀里钻出
离开了保护的铠甲
一颗粉嫩的心
一把梦想的种子
洒在
不知何处
落根的地方
像一朵白云
随着风
梦开始走向天涯
梦的脚步
深深浅浅
磕磕绊绊
希望刹那间长大

迎面的风
淋着的雨
恐惧的雷
注入了稚嫩的梦

让梦伴着泪水
伴着憧憬
伴着紫色的怀想
被年年岁岁
被春夏秋冬
被情情爱爱
一次又一次洗刷
一次又一次唤醒
一次又一次沉睡
一次又一次纠结

长大了
庭院的另一扇门
静静地开着
天不时地下着雨
我撑着梦的伞
走在泥泞的路上
不知道在梦里
还是在生活里
不停地走
不歇地前行
不知道要走多远
不知道能行多久

梦的成长

成长的梦

梦的原点

原来就在眼前

梦的终点

原来就在母亲的怀抱

那温暖的港湾

那温柔的故乡

那摇篮的小曲

那伟大的微笑

那无微不至的关怀

那永无止境的牵挂

那眼神的无边无量

梦
在延续
梦
在绽放
梦
在路上
梦
在期待
梦
妈妈的怀抱

2014 年 5 月 31 日

岁月久悠增

耽 搁

年轮纺出的线
总有一天会尽头
总有一时会回眸
记忆的残酷
旋风般的清扫
知道错的时刻
早已堵住了回头的路
大手一挥的潇洒
留下了分分秒秒的疙瘩
纠结在全身每个细胞里
直至热火中永生

年轮碾出的轨痕
留下无数耽搁的悔恨
自己的和给别人的
点清的账都刻在心的柱上
串起了人生的耽搁
于是有了白发
于是有了皱纹

于是与耽搁一并
留下了那个盒子
　　呜乎　耽搁
　　呜呼　人生

2014 年 6 月 2 日

且有了你

那时
我还幼稚
且有了你

可能
是上帝的赐予
是人生的开始

曾经
优美的彩虹
甜蜜的梦幻

霎时
变了臭的尿布
成了日夜守候

那时
我还幼稚
且有了你

也许
期待的是蝉鸣
想听的是啁啾

时间
不在意情感
只在意流速

星星
不一定指引黑暗
但必然永久闪烁

2014 年 6 月 8 日

归来吧

一座桥
架在地球中央

生化了
两只眼

窥内看外
看上视下

看不清
世界滑稽的脸

看不透
自己浮躁的心

让息而不息
让修而不修

追逐着一粒尘土

折腾着一颗苦心

归来吧
漂泊的魂

归来吧
纯洁的心

天空的彩虹
你不要诱我

蓝天的白云
你不要催我

我有我
自己的快乐

我有我
自己的归宿

2014 年 6 月 10 日

蜂　蜜

花谢的季节
想到了春天

春的绽放
花的浪漫

蜂醒得很早
采着爱的甜蜜

她不知道
自己的未来

她不计较
拍翅的艰辛

只是默默
只是欣喜

春遥远了

花也谢了

留下的是蜜
留下的是苦

她无所畏惧
无所畏惧地消失

夏想起了她
而见到的是颜色

谁用非凡
集束了她辛勤的果实

谁又想起了春天
于是寄来了灵魂

灵魂里的爱
灵魂里的甜

舌根的味觉
弥漫了春夏

清晨的那一勺

黄昏的那一杯

意会的是那春天
意会的是爱的散发

2014 年 6 月 17 日

你我的背影

匆匆
不仅是人生的写照

历史的脚步从未停留
但总有片刻的凝固

凝固中绽放
凝固中回忆

人生匆匆的一步
历史从无尽头

当你走在历史的身边
其实历史的事实

就是一根根柱
就是心里的一个弧度

三百六十度看看

向左看的沉淀
向右看的空蒙

都会被你前进的步伐
抛在身后

这要勇敢地前行
你的心就会鲜活

这要你走得急速
历史也只能看到
你的背影

此时的你
背影也成了历史

被浏览的永远
分不清是历史
还是你

留下的究竟是你
还是历史

黑白是陈年

也是一种叙述
黑白是你也是我

历史是历史
你就是你
我就是我

我你就是历史
历史留下的就是
你我的背影

2014 年 6 月 24 日

醒　来

醒来
风还在悠扬
雨还在渗透
唯有人世已偷换
沧海化作了桑田
笑脸变成了魔幻

一夜
走进了神曲深谷
昨天还是媚眼
今天成了鬼怪
森林里的雾霾
掩盖了多少毒辣
雨继续下
好好地去清洗
被熏化的势利心肠

执杖
在雨中穿梭往来

恍然间

天下

全成了人生道场

此岸为莲花净土

彼岸已是红尘万丈

行走在林间曲径

通幽的道上天地纯然

不知道是有意

还是无意

哪一段风景

又会与生命相关

梵音飘来

意境高远

气象超凡

循着梵音的方向

那里一定有

万千佛像

庄严妙法

2014 年 6 月 26 日

同一个故事

天下无奇不有
有一种族类
天天
在书写同一个故事
离别

从竞争赛跑
到离别子宫
启跑第一次
最血淋淋
离别

童真烂漫
玩具交手
击鼓传花
传递稚嫩小手帕
眼泪还在脸庞
专制的手一牵
离别

弹子陀螺
布娃糖果
刚进入梦幻世界
背上了一生沉重的书
十多年的折磨
刚遇一个相拥
生存名利家庭
就让你
离别

昙花一现
生命极短
拼打数十年
该到归巢时刻
病魔强盗
拦路一劫
刚想回首
阎王不从
一番凉热
从此永远
离别

2014 年 7 月 2 日

蔷薇花的微笑

天地玄黄
混沌初开

一根粉嫩的弦
开始搏动

声音规划着今世旅程
从黑暗走向光明

灵魂铸就
痛苦和幸福

从天真走来
却陷入了诡异

知道这个不清净的世界
却纷纷沓沓簇拥而来

你揣摩着

不知所措

你习惯着
黑夜白昼

月季和玫瑰
没有温暖携手

你总是把
蔷薇和玫瑰拿错

手掌刺出的血
洒遍了晴朗天空

只要优雅地抬头
满天都是血缀成的笑容

白昼历经的辛苦
只要不经意地翘首
月亮为你而悄悄守候

当你初醒的时候
阳光慢慢为你沐浴
此时不知道你

有没有记起什么

此时的我
此时的弦
弹奏的是
一生缱绻夕阳红

切莫纠结
切莫情悲
明天又将喷薄
旭日万丈东方红

如果在
风高雨骤夜晚
月亮没有离你而走

那该是你
一生足足的幸福

此时的蔷薇
会微笑的诱惑

2014 年 7 月 7 日

那　么

意料中的人生
还要那么痴傻
还要那么紧迫
还要那么愁苦

意料中的分离
还要那么契合
还要那么誓言
还要那么伪善

意料中的天黑
还要那么睁眼
还要那么奔波
还要那么匆匆

意料中的纠结
还要那么执着
还要那么编织
还要那么自虐

意料中的失败
还要那么蹈火
还要那么相残
还要那么人生

意料中的绽放
不是目标
而是终结
意料是人生的魔咒

2014 年 7 月 10 日

影　子

江山无限
人人有影
上苍赋予的性灵
天人合一
影随人走
影是可以看到的灵魂
影是你前世的印记
当你烦不可解时
该用性灵的真诚
多看看自己的影子

影子又是今生的警醒

当没有了光

当没有了你

你的影子又会在哪里

影子又是你来生的样子

所以人生当是谨慎人生

千万不要亵渎了自己灵魂

灵魂是影子的祖先

影子又是灵魂的再现

影子和人生是旖旎画卷

展出了人类千奇百怪

展现了人类无奇不有

自然永存

影子能存多久

因为短暂

所以有诸多不解

所以有诸多残酷

谁曾经举起过自己的影子

谁又能和自然并驾齐驱

举起你的右手向影子敬礼

有无回礼

不是看你的手有多巨大

而是看你背后阳光有多远

你不要太傻

你不要太强

你努力

你再努力

你也无法和自己影子拥抱

因为影子等待的不是热情

而是与你共生共荣共消失

影子

我最亲爱的人

影子

我最崇高的灵魂

2014 年 7 月 15 日

辑三

幽夜的娉婷

萤

一片星空陨落
一个区域崛起
城市
蜂窝般的建筑
夜晚
喧嚣渐渐消失
窗口
萤火般的光亮
穿透
在黑暗的夜空
微弱
形成另一片星系
宁静
从笼子里逃出
繁华
显得疲惫乏力
现代
集结式的生活
追逐

暂时的闪烁

煎熬

不愿意而无奈

微尘

慢慢而无力地降落

归巢

人们匆匆复匆匆

思议

明天又将怎样

舞蹈

和着沙哑的音乐

轮回

再次萤火集束

照亮

灵魂行走的广场

不同

穿着的色彩

点缀

城市白昼的延伸

萤火

短暂永恒的记录

萤火

黑夜柔弱的月光

萤火

人们自己点燃的希望
萤火
人们希望留下的遗憾
萤火
城市人睁着眼在睡觉

2014 年 7 月 18 日

走向秋天

信步走向秋天
把夏装进行囊
连同那一锅火辣
和满脸流淌的故事

信步走向秋天
让心去渡一条
清凉的河流
夏的彼岸是收获

信步走向秋天
不要忘了春的来路
落红成泥的归程
凝结的是心的硕果

信步走向秋天
也许前方有更多忧愁
若以禅意写红尘
剪裁的是菩提的光阴

信步走向秋天
诉说的是来往缘分
身后的春夏和寒冬
盼的是人间现世安稳

2014 年 8 月 8 日

盼

当夕阳
拉上了帷幕
天空换成了
另一种模样
守候的只有
兄妹俩
星星和月亮

星星好顽皮
让孩子富有
天真梦想
拍着小手
为了快快长大

繁星点点
月亮羞涩
让情侣
具足了
爱的火花

月亮盈亏

潮涨潮落

让人欢欣

在繁衍的欢乐中

传承无悔

2014 年 8 月 12 日

秋夜无眠

沉沉重重的秋夜
有一颗心在跳动
有一脉血在流淌
这就是所谓生命

生命在崇高与卑微中挣扎
昂首阔步地走向无回的路
一手牵着定要腐烂的躯壳
一手牵着飘忽不定的灵魂

背上的月明星稀

看透了一切心思

事业有成爱情圆满

家庭和谐国家昌盛

无处不在生命的路口

谁与社会相联

谁就捡回了生命的崇高

谁与邪恶相系

谁就走向了生命的魔窟

每一步的艰辛

催促了人的心跳

每一夜的不眠

延长了生命的暂时

抗的是

避开那一片漆黑

要的是

迎接那一缕曙光

2014 年 8 月 12 日

三十二岁的肖像

我偶然间看到了
三十二岁时的肖像
那时的清醒
成了眼前的模糊
这就是时间的光芒

我捧起了我自己
三十二岁时的肖像
那时的一缕英气
当下成了两鬓白发
这就是青春的燃烧

我看一眼我自己
三十二岁时的肖像
好像是枝叶茂盛
原来秋叶的刀是如此锋利
这就是生命的消耗

我吻一吻我自己

三十二岁的肖像
好像早已做了爸爸
如今想看到的且是子孙
这就是生命的松子

2014 年 8 月 13 日

云　驰

自然逸悦
从涌起至淡淡
循环往复

仰望
把自己思绪裹住
随心而飞

目送空逸
捡回觉悟
平静平常平安

领略空寂
自然而自然
美妙终极未来

2014 年 8 月 23 日

月　疑

昼的等待
夜的守望
恬静黄昏
一轮弯月
孤而不寂
在深思
也在微笑
还是探究？

为何而黑暗
为何而不眠

清辉尽洒
羞涩张望
突然发现
自己不在天上

惊愕
诧异

发问
是圆？
为何只剩一半？

在天
在水
分离
距离
产生向往
差距
赢得圆满

于是
有了影踪
你思我亦思
你舞我亦舞

于是
有了白昼
你忙我休息
我苦你沉眠

于是
有了离合

你走我亦走
我歌你长吟

弄影非我意
长长生月疑

2014 年 8 月 23 日

落 叶

秋总是那样现实
获得丰收

有了满盈
叶开始片片飘落

飘落的故事
一字不省写在枯萎里

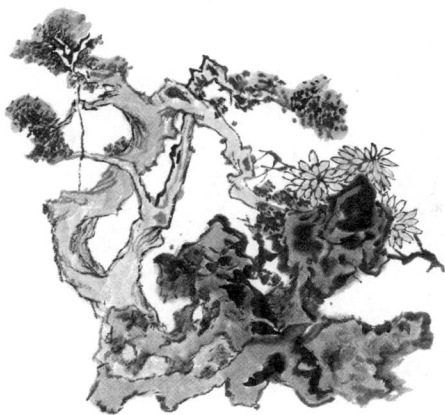

看到了总有
那份回忆的性情

性情与落叶同怜
谁也无法知道

落叶下
有我深深的脚印

脚底深处
还有清清的甘泉

曾经泉涌
不知解了多少人的渴

秋没有停住脚步
叶还在纷纷飘落

解渴的人斗志昂扬
残忍地在他身上踩过

有多少人想过
落叶今天是我

明天就是你
回归的是同样的一抔土

落叶忍了
落叶笑了

落叶在漂泊中
享受着那份来生的快乐

2014 年 9 月 2 日

阵雨的早晨

阵雨的早晨
一些人还在沉睡
一些人已经清醒
唯独阵雨坚定不移
一面在催醒沉睡
一面在催促前进

阵雨的早晨
洗刷着昨日尘埃
拍打着枝叶欢腾
唯有小鸟失去了声音
细看着忙碌的人群
雨伞遮掩着人的心情

阵雨的早晨
擦拭着大地的身躯
电磁波刺激着大脑皮层
一道亮光劈开了混沌
充裕着生命、活力和希望

阵雨的早晨
用尽她的善心赶走了黑暗
阿芙洛狄忒
用火点燃了人们的眼睛
眼睛成了光明的火炬
光用执着穿越了
阵雨的早晨

2014 年 9 月 3 日

一

一阵风
一场雨
一腔热血
把秋天洗涤干净

一句话
一首歌
一声长叹
把青春燃烧干净

一眨眼

一开口

一股气

把烦躁涤荡干净

一弹指

一踢腿

一回眸

把过去忘却干净

一抬头

一仰望

一长啸

让勇气重新开始

一思考

一迈步

一选择

把浩气写在蓝天里

2014 年 9 月 5 日

银杏树

不知
是哪一代雄风
把我刮向四面八方
又把我安在随遇之上
没有声息
默默长高

不知
经历了多少风霜雪雨
把我锤打成腰挺首昂
又把笑容印在每片叶上
没有怨恨
且滋喜悦

不知
度过了多少春夏秋冬
把我该记的年龄忘了
又把双手炼成了欢迎状
没有屈服
只剩欢笑

不知
谁给我取了美丽的名字
把我一身都锻成了药宝
又把金黄色的枯萎献上
没有妥协
仅留孤傲

不知
哪位引流了我的血液
把我藏在自然的巧合中
又把心的激荡与风融合
没有退却
乐迎寒秋

2014 年 9 月 11 日

泳

一泓碧水
规定
在一个格子里
让人
享受大海的自由

似一口泉水
汪洋
从地上涌出
让人
领略波纹的微笑

像一亩方田
裸身
复归着原始
让人
同青蛙一样生活

水是人的原形

漂浮
书写亭立的铭文
让人
横着去寻找影子

2014 年 9 月 17 日

桂花般的梦

秋
分娩了桂花
没有睡在山间
且折枝在同事的桌上
顺手放在鼻尖
让一分馨香沁在心间

秋
给了桂花
伸张正义的天地
她默默而来
淹没了春天的艳丽
可以想象她
内涵的美丽

秋
播下了不该有的沉闷
桂花且在沉闷间绽放
那一分嫩黄

那一瓣圆润
总在圆满人们
枫叶般的红

秋
用她独有的顽强
抗拒着满天的讽刺
她用独有的香味
尽显其气质的锐利
让人们
用太阳般的头颅
去思考

秋
令桂花
投入了鼻的怀抱
教人们去辨别香臭
当你睡去的时候
让绿叶去编辑你
桂花般的梦

2014 年 9 月 25 日

催眠的眼睛

一双催眠的眼睛

看多了
显得厌烦和疲劳

快把眼睛早早闭上

背上你的手
去草地上走走

哼哼轻松的曲调
只留心里闪闪亮堂

一双催眠的眼睛

看多了
人间太多的势利

就想早早地把眼睛闭上

《辞海》里的词条

何日能彻底删掉
世界不需要费解的谜

总是希望追踪
真实的你

2014 年 9 月 27 日

无　题

晶晶帘垂
清醒引凤来
近前一看使人呆
酒瓶排对排

奢华总在
忘却穷人衰
血液灌溉谁人田
肥肠杯中悲

2014 年 9 月 28 日

高原雨

茫茫天空
静静清清
轻轻细细
飘扬着
飘扬宽广无垠

郁郁葱葱
层层叠叠
情意绵绵
昂扬着
昂扬高原气候

左左右右
走走看看
天空低低
滋润着
滋润高原儿女

2014 年 9 月 29 日

影　子

从树下走过
影子在晃动消散
谁主宰了她？
不是我
也不是树
是那高高在上的太阳

两个影子
或许三个
一个是我
一个是树
一个是藏匿的灵魂
谁在主宰这一切灵动？

顿时
影子让我站住
此时的我
一片空白
空白中留下

阵阵震颤
无法分清你我她

一半清新
一半迷糊
我无助地跟着她
影子的灵性在光顾
在不停地窥探方向
我发不出自信的啁啾
"站住"

2014 年 10 月 1 日

待　遇

一次落空的相约
走进了年少杏林
黑色的无意
诱惑了脚步停止
有一种力量包围着
周边多是眼神

杏叶青涩友好
不时地招手微笑
一壶淡淡的水果茶
溢出了丝丝恬情

我把我的快乐
一并泡在茶中
与玫瑰相拥
对饮默谈

壶的器皿
种着烛光

伸缩着优雅
燃烧着往事

我细聆着
进入古老的胡同
去领略青草般的生活
静静淡淡

2014 年 10 月 1 日

河面的烛光

从中北桥到流水桥
我欣喜地漫步
一副休闲的模样
背上几种快乐的药
眼里闪出历史的亮光

运河的这一段
也算是历史的末梢
有名的打铁关
一直在这儿把守
当年纤夫的夯号声
深深地记录在这河面

现代倒映的灯光
层层闪烁
浪花波动的情调
点亮了历史的烛光
似如隋朝的幽灵
手持着监工的火把

水波在叙述什么？
也许是一种永恒的泣诉！
一声比一声凄厉
我和着这声音
我和着这烛光

悄悄地走进了历史
一脚踩着流水桥
一手扶着中北桥
逆上
是什么地方？
泊位在哪个码头？

2014 年 10 月 7 日

成　长

窗前提琴声，
吹迷睡醒人。
叶缝看新生，
铁石百炼成。

2014 年 10 月 9 日

等待天亮

屏住呼吸
望一眼天空
天空仍然一片漆黑
没有星星和月亮
有一盏航标灯在闪烁
黑夜的希望
凝目久了
心天柱般通明
母亲且在牵挂
父亲还在呐喊

远去的微弱
留存刚强
血没有变色
意志发动了——花朵
绽放在全身的汗腺中
前行中整合出双手
把坎坷碾成粉末
在拂晓前

制造成太阳或苦果

一口把它吞下

太阳和苦果

分成大脑左右

一边去历险

一边去分享

就像白天和黑夜

用抽象去分割

用具象去践行

耐心地等待天亮

把双手紧紧捂在脸上

2014 年 10 月 13 日

静默与西湖

西下的太阳
慵懒地枕着山岗睡去
而她胳膊仍嫩嫩地伸展着
释放着一天普照的疲劳
那份倦意呈现的是斑斓
斑斓写意着晚霞的活力

风静静而吹
吹醒了西湖
水用欢快的浪语翩舞
天也乐了
纵身被西湖沐浴
波光粼粼的湖面
透视了世间百态

柳树有点无法按捺
小浪唱起了夕阳之歌
柳条飘逸的美发
梳理着晚霞的愁绪

没有鼓掌
且全力地在挽留

雷峰塔的灯悠悠而至
我的留恋在慢慢消散
是不是因为好景多不长
静默了
意味在她的柔和里
我静默了
把静默注入在我的红茶里
好景与静默
究竟谁更美丽？

2014 年 10 月 16 日

问个好

梳平一缕相思发，把个春意扰了。
谁凭夏情，送去鳞羽，问个好！
遛弯溪水，举手迎立夏。
敢扔虚情假意，毋须凝咽，偶听犬吠，
远闻鸡鸣，田牧脂润，人生当本真。
喜携云彩来去，不亦乐乎。

2016 年 5 月 1 日

立 夏

立夏
万物此时皆长大

暖暖的风
柔软的云
还有那鹧鸪远远啼

婀娜树梢
绿绿的叶
轻歌曼舞飞蝴蝶

早也寻找
晚也寻找
魂魄与爱的配方

云幔开了窗
请我上九霄
立夏节气是正当

你不要拘泥
我才有希望
长长的夏日向天啸

来吧！
立夏后的咆哮！

2016 年 5 月 5 日

夏雨风韵

仰着头
让夏雨尽情地沐
闭上眼
想想半个世纪的梦
一半是火
一半是水

微微地睁开眼
让雨和泪相浴

雄姿英发的翠绿
抹去无趣的忧郁
云领会了
会和你一起飘忽

没有永恒的停留
付出的全是风雨
兼程着走走停停
耸耸肩踢开吧
莫名的黯淡幽深

等待耐心的等待
雨和泪水会干涸
彩虹和阳光
会不屈地冉冉升起
一道心中的风景

仰着
用信心去迎接
迎接那未知的挑战
雨会继续下
人要快乐地活着！

2016 年 5 月 7 日

没有站立

人在地球上爬行

寻找着各自答案

简约或繁华

富裕或平常

心中火炬高高举起

全身长满了警戒的眼

还堆满着微笑

分不清是高兴还是伪装

复杂了

污染了心灵和环境

无奈之下成借口

浑浑噩噩

迷茫在本来的短途中

谁予唤醒

整个肌肤在等待

2016 年 5 月 12 日

『辑四』

天光云影共徘徊

猎时旧痕

薄雾山朦，难见峥嵘。麒麟寻千里，只是匆匆。
唤来友朋，叙旧不辞。游目骋怀，那山那河那江水。

浅夏多娇，紫咤嫣红。莺啼千道弯，燕归依旧。
西园别离，君且归休。俯仰甄情，那瓦那窗那白墙。

2016 年 5 月 15 日

窗前树碧闲句

与窗同启，一抹轻婉，
待听东风说，又思蓝天碧水。
数峰清苦，云山幽静，
逛一天闲情，商略黄昏雨。

归去时节，最佳无人管束。
冷香飞来几句诗，聊慰老夫闲愁。
绿叶压寒碧，红萼无人主。
日暮，屋前树晚蝉，再听西风消息。

2016 年 5 月 17 日

魂

当一幅美丽的画
展现在你的面前

美给你的震撼
是沉醉的忘却
无我时的圣境
让我不自我呀

这是纯粹
纯粹的艺术魅力
它牵引着你
扎实地走向美好
走向你挚求的天国

美所导向的神圣
不是一般
不是你我
不是简单的青春

是无知无觉地走向无我
自然是沙雨的融合
是慢慢地变老

2016 年 5 月 19 日

错

我以为你的娇美如春
所以把你与花相媲美
然后你比谁都枯得快

我以为你的热情似夏
所以把你像荷花托起
然后你比蛙鸣更叽喳

我以为你的初吻如秋
所以把你想成枫叶红
然后你竟然如此萧瑟

我以为你是南国白雪
所以把你写成一首诗
然后你却是如此苍白

2016 年 5 月 19 日

向　往

荒野里寻找
不仅仅是食物

还有我的伙伴我的歌

低头大概是为了生存
仰望是理想的燃烧

与你与他与我同乐

天亮的时钟
指向那彩曦的光芒

光的折射是我的志向

草丛交错是我寻找的梦
愿意一袭白衣飘飘长发

红冠逸动抬起我的骄傲

有伙伴的生活
我不想无辜地孤独

门前有我前世的藤蔓

2016 年 5 月 22 日

走　了

走了
很远
怀着一个梦想

车船劳顿
演绎着青春的圆舞
配上银铃般的笑声

挥手
不是告别
遥远处有一颗星星

闪烁在梦里
神妙成奔驰的骏马
征程就在我的翼下

没有啥呀
青涩的橄榄
会在伊萨尔河畔绽放

曾经的校舍
要让它搬家
搬到慕尼黑圣母教堂

一个陌生的地方
巴伐利亚州
我的梦在这儿汇聚

等着我
哪里都没有我的故土芳香
因为故土有我心尖尖上的人

2016 年 5 月 23 日

初夏的风

巷弄的清风
桥上的姑娘
裙裾飘逸的清香

是夏赋予着变化
唤来幽幽的风
就像绵绵思念的花絮

轻轻地告诉你我
这世上的路很长
这眼前的路亦很难

风雨好浪漫
总想去拥抱我的彩霞
于是写就了爱的故事

无意间让话语甜蜜
无意间让风雨柔美
无意间让我们生命延续

风一样的追求
把个夏燃烧得通红
映照出人影相恋的美

醉在迷蒙的风里
姑娘仍在桥上痴迷地等你
那巷　那风　那桥上的姑娘

2016 年 5 月 24 日

枕上的脚步声

侧身睡下
耳亲热地贴着枕头
把个白天嘈杂清除完毕
静静地听着守候的声音
很远又近得出奇
原来独立脉动的心
才是真正的自己
有时狂妄
有时也欺骗着自己
内疚的心
亦同样地不安分
也许此时才是修心
慢慢地睡去
慢慢地走向善的行宫
慢慢地走上回家的路
来来回回走走停停
可以数出自己的脚步

2016 年 5 月 26 日

晨　雨

布下智慧的线
用时间煮出沸腾梦
让迷幻让个座

我听你的柔声
不是因为你本身
而是因为清晨催我早醒

昨晚
你轻轻地
拍打着我进入甜醉

清晨
你用急促的脚步声
从梦幻里找回灵魂

你用晶莹
照洗我今生的污垢
我在慵懒里升华涅槃

你用你的勤奋
涤荡新的世界
我用专注倾听你的空灵

不要混淆你的高尚
不要干扰你的美妙
祝贺你一天一世美好

2016 年 5 月 28 日

花与月色俱相思

当我轻轻地
揣起过去的甜蜜
历史会从吸管中
走向美丽柔绵

此时不需要什么
只要神圣的恬静
轻轻淡淡
思绪漫漫入云端

婀娜地走向月宫
用柔声轻轻唤醒嫦娥
与你与我欢乐同行
把快乐幻化成花朵

勇敢的心在颤动
抬起纤柔温暖的手
把紫花插在灵秀的鬓发上
迷人的眼相识相思相携

青涩不仅仅是今夜
相思不仅仅是此刻
前世今生和来世
在一袭淡白素雅中消融

沉沉而幽幽
清淡而远远
早已没有了自我
早已在隽秀的神话中

2016 年 6 月 3 日

睡梦中穿越天堂

眼皮耷拉的时候
天堂搭起了梯子

为了去圣洁的地方
让躯壳洗净了又洗

床沿是步入的轨道
枕头是穿越的枕木

一切在自然中就绪
就是为了穿越天堂

离开发射如此迅速
一切的一切都忘了

忘了自己的臭皮囊
忘了旷日持久繁忙

谁知道自己又是谁

谁知道自己在谁的怀抱

慢慢地　走过时空长廊
慢慢地　睡梦中穿越天堂

2016 年 6 月 5 日

影子的语言

日夜的光景
留落了多少的影子

街巷田头谁可在意
阴阳世界共同的事

有一集中的时间
感念会惊天动地

繁华的世界里
竟然分不清人和影子

绝对是一种错乱
结果是人还是鬼

宛如倒了天地
醒来的是丑陋影子

晃动着的幽灵

无法把人彻底唤醒

影子埋葬在影子里
哪个缝隙有新鲜空气

2016 年 6 月 10 日

飞鸟的眷恋

云从窗里飞出
因为天空有眷恋
眷恋如山脉一样连绵

眷恋总在悄悄表达
似风又似雨
去了还会来

眷恋的衣裙呀
谁也无法轻易脱下
宛如落日时的晚霞

眷恋在晚霞中穿梭
犹如飞鸟般依赖
因为林中有她的爱屋

2016 年 6 月 11 日

飞虫的情怀

我从容地
从你眼前飞过
知道你不屑一顾

消沉时的愁容
你永远无法看到
因为我不在你的眼里

而我却把你
深深地藏好
无法获知
你的心里还有谁

但我知道
爱唯有
埋在幽幽的伤口里

2016 年 6 月 12 日

江景逸情

江上闪烁的星光
让苍老的心
再度童幻
是不是昨晚的星
全掉在了这江上

你看着我
我看着你
有一股痴迷在闪烁
我用的是眼
你起兴的是浪

这涟漪的魔法
挽留了青春的晚霞
滔滔而无见
粼粼而绵延
自然的慰藉

你在江上尽情

我在岸上犯傻
也就是那闪烁的瞬间
慰藉了伟人的胸怀
"观鱼胜过富春江"

2016 年 6 月 13 日

醉　醒

夜有多长我早已忘记
沉沉地穿过黑的长廊
心里就像是奔腾小河

陈旧往事在心底泛起
一切似乎是昨夜的事
星光般闪烁在脑海里

就是这样无控的兴奋
那是人生酿成的美酒
遗憾的是它很快就醒

人生往事全成了记痕
不知泡醉了多少情仇
一夜又一夜地去醉醒

2016 年 6 月 15 日

听杜鹃

午时迟暮，又傍高枕侧。

斜眼云天，凝疑泪滴。

向东南，风已休，不知何日归去？

岁岁年年，总在风里来去。

念启念灭，唯盼梦里见。

哪里听得杜鹃啼声？疑似燕归来。

2016 年 6 月 19 日

父亲节的雨声

云一天都凝重
偶尔有疏散的雨

似乎一切都在忍
忍到万物青葱

云层偶尔睁着眼
看看苍生的慈悲

云被乌色占领着
完全是忍辱负重

此日似一片沉重
滴下的一定不是雨

闷热中的控诉
但还是没有呵责

父亲般的性格

父亲般的声音

天没有笑脸
我没有笑声

这一天特别长
这时光特别久

2016 年 6 月 20 日

沉在记忆里的香

蝴蝶般的翩翩飞舞
寻找曾经失落的记忆
幼年中年和老年
喜怒哀乐间的黏合

本从透明中穿过
不需要记忆和比照
不知何时多了一个人
于是开始把记忆沉淀

记忆的味道
未必是完全的尺度
奇葩般地过滤
结果把香遗忘

稚嫩的游戏
甜蜜的恋情
成功的喜悦
好像还有很多很多

似乎一切都在幻灭
但总有淡淡的记忆
丝丝缕缕地在散发
散发着连同痛苦的香味

2016 年 6 月 25 日

阵雨带来的清凉

雨拍打在大地
把我从另一个世界唤来
我微笑着
从天空看到你的内心

原来一切都是会变的
包括你的情绪
风火雷电
还有惊奇的冰雹

我唱着歌
与你的风声雨声相和
美丽的绿叶在弹奏
等待着夏热到凉秋

所有的所有
都顺了这自然的捉弄
窗口飞出的心在弥散
弥漫成四季的循环

就这样
在突如的雨中
享受着一份清凉
我哼着周遭一切的歌

2016 年 6 月 25 日

听　雨

稚子犹读书，
一笑慰迟暮。
放翁暮叹息，
犹如贯耳轰。
今日闻雨声，
不敢轻点数。
这是心悠悠，
听雨又奈何。

2016 年 6 月 26 日

梦　寻

寂寞深夜，入梦画轴舒。

细目寻千度，嶂叠草木深。

高低深浅水汩汩，榭台空许。

声声呼唤，林中振翅惊鸿。

只使君，从来与我好合，为何独遁去？

剩水仍脉脉，豁然回世，

身汗如注，还是那帘旧梦。

2016 年 7 月 2 日

恐惧的毁灭

恐惧的种子
从成长到毁灭
跟着平和走了

心脏还在跳
只是频率变了
淡淡清香的味道

飘过眼帘
早已没有了激愤
而只限于对恐惧的嘲笑

阳光照射在墙上
影子有看不到的移动
从东到西谁也无法牵扯

2016 年 7 月 5 日

白云之问

蓝天下
飞舞着白云

不知道自己的疆域
于是有了这般自在

天际知道
自己的边界吗?

是鸟飞过的踪径
还是人目测的距离

天和云
你们可知道

人间沧浪横叠吗?
一定很难知道

也许你们

比人间更清楚

否则
哪来风雨雷电

2016 年 9 月 1 日

颠　倒

隔着茂密的秋叶望远
远处有两盏狼眼般的灯
因树叶的缝隙
狼眼变得更加狡猾阴险

不是情景是心境
灯光也会破碎
灯光也成狼眼
灯光也是凶神恶煞

实景魔幻成意境
美丽成了十足的破碎
原来主观的力量超越了剑
我在胡思乱想中坠落

刀光剑影
在眼前发挥到了极致
光　狼眼　剑影
树枝也成了血淋颜色

该是韶华的景幕
且让我全盘颠倒
人心是如此的不可测
唯心的颠覆好可怕哟

2016 年 9 月 4 日

看一眼就走吧

星星
为了看足杭州

睁大眼睛
还布网天空

白云慈悲
不时飘来

犹抱琵琶半遮面
星星落下了遗憾

造物主懂了
在天空撕了个口子

给足星星面子
只为让星星瞄一眼

西湖太美了

杭州毓秀

湖山迷性
看一眼就走吧

2016 年 9 月 5 日

天亮时刻

天亮是刹那间的事
因为是等待的时间太久

其实
等待的时间太阳早已升起
只是因为你不能看清

鹧鸪是灵性的
天亮时刻
她就在及时地鸣啼

唤醒着世界的你
何时知道自己的疲惫
何时能停歇你的啼鸣

2016 年 9 月 23 日

是爱情还是风情

不知道该不该问你
你过得好吗？
其实你离我很近

不知道该不该想你
你虽然不属于你自己
其实我早已不是自己

不知道该不该去看你
你虽然不知道我在想你
意识的风情就那么神迷

问你
这该不该叫爱情？！

2016 年 9 月 23 日

神秘之门

世上两扇门
森严得让人无法把握

而人们仍然在盲目

身不由己的偶然
以为是一次幸运的旅游

然而　长长的路无法知晓

四季的亢奋轮回
让你一次次换上新装

欲念无法熄灭的燃烧

死不瞑目的悲哀
似乎到了临头才知道

贪婪　疾病　欲念

一扫而光

幸福了
痛苦是否会重新开始

谁能真正地知道

2016 年 9 月 25 日

放　逐

在温和的秋天
心灵犹如烈马

把所有的不安分
奔驰在绿叶和飘落之间

不是季节的狂野
而是季节的归属

本不该的行为
成了秋季的必然

好像是在自我放逐
无法抗拒

不可遏制
爆发在秋云的低垂里

放逐有多远

好像是无边无际

因为是无边无际的存在
因为是不该存在的存在

2016 年 10 月 1 日

带我走

当我昂首天空
天空亮了
十分潇洒和明了
她界定了光明和黑暗
她就是我心中慈爱的奶奶

我睁大眼睛
期许着奶奶的行动
带我走吧
牵着我的手
不要犹豫
千万千万不要犹豫
走了才是光明的选择
我不想回头
再也不会回头

带我走吧
敬爱的奶奶
牵着我的手

千万千万别犹豫

我一万个愿意

跟着你走

只是我唯一的请求

2016 年 10 月 2 日

窗前的光辉

佛珠下
压着无数个世界
古老和现代
东方和西方
文学和哲学

光关注着她们
我深爱着她们
她们在我和光之间
缄默出智慧的光
虚虚实实的世界
我喜欢在她们怀里流浪

我渺小到自悲
她们在鼓励着我
我的脐带没有被剪断
她们让我走向另样的世界
尽管记忆成了最大的缺憾
但光依然存在

她们依然存在
所以我的情感
有异样的精彩

不想活进
加西亚·马尔克斯
布下的结局
令人惊异的冷漠
还有预料的百年孤独
而事实的走向
却如此的不可逆转

悲苦中获得新生
人生不可选择的途径
一直在披荆斩棘
一代又一代的自信
谁也无力去跨越
一个又一个崭新的时代
月桂树真的砍尽了吗
乌鸦啄空了我的心灵

2016 年 10 月 2 日

梦　境

遥望九峰远，
天际暮降临。
瞬间四目对，
恐惧不见指。
刹那田间乐，
回眸无座骑。
本向辽阔奔，
只闻海潮声。

2016 年 10 月 13 日

香飘秋日

闲园报秋莫问时，
桂子飘香由浮沉。
抬望夕阳淡然去，
轻披身上卸寒衣。

2016 年 10 月 16 日

月影秋风

秋风拂瑶台，
月影独徘徊。
我约今世见，
久候不见还。

2016 年 10 月 20 日

感伤秋叶

秋叶有痕，
思念无恙。
洞察一切，
甘愿终苦。

2016 年 10 月 27 日

点　燃

是什么
点燃了你的笑容

深深的夜
还是动情的歌

我想知道
知道你眼神的躲闪

还有藏在云彩中的秘密
恍惚在相视的瞬间

奇妙的灯光
神秘地半开着眼

是妒忌的窥探
也在疑惑谁点燃你的笑容

谢幕的时间

昏暗了你我的眼光

是神在点燃
点燃了你满满的笑容

2016 年 10 月 29 日

如果还有记忆

如果还有记忆
不仅仅是
那美妙的声音
更有那春天般的美丽
不要语言的温润
只要一眼的柔情
原来美好是一种记忆
或许是心里
久藏的一种图案
迎面走来
裹着涌动的心
飘去羞涩的红润
是玫瑰还是秋的枫叶
原来是
那种青涩无瑕的记忆

2016 年 11 月 2 日

秋雨千山

千山滋秋叶，
枯叶吹复生。
今雨伏盈盈，
明朝履霁雪。

2016 年 11 月 8 日

忆南归

带着一城回忆
如寒雁般南归

帝王将相是也
光怪陆离如也

历史的一条线
断断而续续也

人生的一段线
短短而纤细也

书包挎在肩上
满脑的梦幻啊

都印在脚印上
化石般坚硬也

点点滴滴难忘

那自然的从容

让我有点却步
那人性的险恶

让我敢于讥讽
春夏秋冬更迭

南下南下的风
未了未了的绪

驰骋中扬弃啊
好一身的轻松

2017 年 1 月 4 日

耳　鸣

一个频道
在两个世界中
同时鸣响
有点嘶哑和单薄

在传递着
来自另一个
世界的声音
爱你
我爱你

多久了
多久没听到
被城墙压着
被忙碌粉碎
天性在尘埃中飞扬

回响没有中断
忽近忽远

有点嘶哑
因为是悲伤
因为是无奈

用声音连接着
不是白天
而是在深夜

2017 年 1 月 10 日

冷空气

凋谢一叶又何方
虽然有点凛冽
呼啸着
那是缘的鸣奏

于是心开始回暖
因为在冬至以后
因为在走向春天
呼啸着
那是
去迎接春天的声音

从容地向前
从来也没有放弃
不在
始终不在
不在你我的意志之内

2017 年 1 月 10 日

路见云感

天际遥山小，云茫茫，西驰急。

越岭雨润，抬眼处，峰女妖娆。

虽属严冬又，红瓦白墙，烟炊袅升。

绵坡仍翠绿，山茶低眉，来日谷雨嫁何处？

2017 年 1 月 11 日

清虚奇香

桃符新换万家门，
　　小窗独自言。
北望犹云竹无及，
　　还是靓素颜。
谁来抚弄七弦琴，
　　夜色红晕遮。
不等桃花羞涩开，
　　早被巧风吹。
仙人悻悻防深莫，
　　苍影入窦眉。

2017 年 1 月 29 日

『辑五』

楼上有人独自愁

迟　暮

诗破情怀在，
由它寒风吹。
青春悔迟暮，
碧丽怨风流。

2017 年 1 月 31 日

新年初出门

莫道无归处，
云雾阳光寄故居。
一壶清茶，
淡饭亦奇香。

行匆有尽时，
迎春花开乐开怀。
双目览胜，
枯草亦情怅。

2017 年 1 月 30 日

声声令·咏魂魄

海棠还梦，
魂巢谁主？
一时觅个颠狂处。
千里不远，
这时候，
满天飞，
谁料想，
把他捉住。

风细遥遥，
旧楼前，
穷叮当。
只为魄宁影双双，
缠绵天涯难觅去。
魂牵系，
迷离树下谁凭吊。

2017 年 1 月 31 日

梦江南·怀人

初五日，
江阔低飞雁。
哪家欢乐别宅愁，
山乡蜡梅自话语，
飞渡岁月隙。

2017 年 2 月 1 日

咏 梅

咏梅自奇香，
尚知冰高洁。
千枝绽鲜艳，
清蕊群芳妒。
当时迎春日，
别来情窦甜。
赏秀心中事，
何言她慧贤。

2017 年 2 月 1 日

春雨细说

雨声春来初探急，碎声裂滴壮烈。

梅红幻语自言，谁在心头念。

尘封往事三千年，誓言眉间凝炼。

兰芝迎雪寒怜，红豆枝上悬。

2017 年 2 月 8 日

梦江南·杭州南山路夜景

行走乐，
红灯喜高处。
枫林凝雪南山路，
游人如织惜残红。
西湖天地和。

2017 年 2 月 10 日

春　绪

车马劳顿当静思，
一路风尘满眼景。
别绪如丝梦不成，
三更风里听雨声。
初醒已成乡外客，
入城圆梦酿多情。
谁问愁味有多深，
挥手辞别别样春。

2017 年 2 月 12 日

闪　念

我读书，你打牌，
桌上各自一杯茶。
修行修心自有法，
浅问，谁去赏晚霞？

我行走，你奔波，
心中深植人生花。
度日度年同一门，
试问，谁敢重夸张？

2017 年 2 月 20 日

黑白晃动

两种颜色
一直在眼前
晃动着晃动着
是实而虚幻
是复杂和简约

黑与白的交错
黑与白的分辨
自己在其中吗
不在其中
何必又深深地思量
在其中
而又总在眼前
在眼前晃动着

在一个世界里
本身就存在着
存在着无数
而晃动的且是黑白

那是闭上眼的世界
那是自己的虚幻

存在着
晃动着
你心应该像
阳光一般的
简约和明亮
照进你的心
也进入我的心
让一切晃动吧
让一切复杂吧

2017 年 2 月 25 日

主　观

你的美
不在路边
而在湖边

你的美
溪桥梅柳
含而不露

你的美
轻风淡丽
纯洁净粹

你的美
不在黑夜
而在白昼

2017 年 3 月 29 日

岁　月

时间的利剑
无情
忧伤
成熟

把青春的美好
一剑削平
不敢回首

当时时回首
我亦曾经拥有
我亦曾经浪漫
我亦曾经疯狂

如今唯有叹息
叹息在春秋间
心开始凋零
步伐开始蹒跚

谁敢挽住
谁能勇敢地挽住
青春的岁月

2017 年 3 月 30 日

这雨声

轻轻悄悄
快快慢慢
似乎在探测着
探测花的心思
探测人的玄机

曼妙的旋律
像肖邦的夜曲
引向你
引向你
走进伊甸园

一直穿透在空旷中
尤其穿透迟暮的心
远去再来的缠绵啊
泛起阵阵涟漪
把个春喧闹得可以
我听着
也等待着

等待着惊雷的来临
倾听着花开的声音
一切都让雨
安排得满满而无期

迟开的花
你要有快速节奏
要爱就缠绵悠长
要爱就天翻地覆
伴随这雨声
伴随这春风杨柳

这雨声
别离了
家乡的明月
总在追求
落溶无际的亲昵
忘了同杯共醉的归期
总在给谁
蒙上相思的哀愁

这雨声

2017 年 3 月 30 日

邀　友

何时能共几杯秋，
当春临风花艳红。
暂搁安宁休闲日，
荡桨西湖月明中。

2017 年 4 月 1 日

深夜小令

春醒唤起，晓梦惊回，就那么一声春雷。
雨随后，风难定，樱花哭一地。

好个无明夜，江南正着迷。
烟雨细听，花艳妩媚。
迷在白堤断桥边，私语话许仙。

2017 年 4 月 6 日

梦江南·怀人

你来了，
神奕好韶华。
一眼暖香浮细叶，
极浦琉光淌眼前。
谁挽春意住。

2017 年 4 月 7 日

河传·樱花

来去前后，
唯念难断，
真个奇妙玄。
春时节，
见他从来戏言，
风动看走神眼。

寻思觅想总半折。
旧戏重演，
嘴上甜成蜜。
枝头探头，
都是风光一现，
故来矫揉造作。

2017 年 4 月 8 日

饮

诗源汩汩流，
出自谁之手？
夜夜酿成酒，
字字珠玑香。

2017 年 4 月 10 日

胜利河

灯点燃希望
两岸在细语
话别吗？否
且隔着千年的痕

闪烁在河里的影
好像是许下的缘分
同时映在月光下
倒在两岸的玻璃上
驱逐着旧日烦忧吗？

灯把光牵萦在一起
屋子里是各家灵魂
挤压在现代浮躁中
用吃在诠释各自人生

灯和人在一起微笑
权作一道享受的灵壁
似如乌衣巷的叹息

与秦淮河一并相连

常来的客人
且缺了悠扬的曲子
轻垂的柳波有了青春
走出了门亦走过了河

多少人在留恋
留恋往日的旧情
写下流淌的河
那条曾经胜利的河

2017 年 4 月 12 日

春　愁

谁在柳梢说来迟，
　　归燕思清切。
香魂清梦自细语，
　　拂晓鹧鸪啼。
怨尽风流花谢去，
　　瓣瓣落红泪。

2017 年 4 月 13 日

大地上的悲悯

热 烈

把窗推开
一分热烈
自然地进来
万里无云
晴空撩人

那绿叶红花
那簇簇樱红
想告诉我什么
我想听听
听听你热情的倾诉

天南海北
琴瑟和鸣
是有人在等我吗
还是我的心放不下你
热烈的春
灼灼的情
眼神里那火辣的影

把你的酥手伸出
我愿牵着你走
走进这热烈的春
走进那独遇的地
诉说那独有的言语

前方也许是沼泽
也许是冰凉的地
别去想了
只想拥有这份热烈
只想拥有此时此刻

2017 年 4 月 15 日

无定居

静安处，仍有沙沙声响。

忽竖耳，远方有呼吁：眠去有故乡。

已暮迟，澄净且在六十后。

三界烦，生息哪由他：从生不往返。

2017 年 4 月 16 日

絮飘蝶飞

几经艳阳，
柳絮飞飘，
误入长乐路。
抬望眼，
蝶翅入巷弄。
挥汗轻步，
疑似花径暂途。
忽然间，
天庭明照，
云卷云舒，
原来通天全是路。

2017 年 4 月 16 日

夜深别样

什么时候

没有人细细问我

好像天关了窗

除了自己的心

其他都是黑的

黑在创造

创造着人类的生命

亦在毁灭

毁灭着可用的时间

把生命绞拌着

想象中的美好

深夜无法阻挡

且把灵性践踏在梦里

而心一直在等侯

等侯颠倒的灵魂复活

一架飞机在穿越

穿越深深的夜
巡逻在正义和邪恶间
良知在花丛中飞舞
且迟迟没有做出选择

2017 年 4 月 17 日

对　话

雨对花说
这是我爱的抛洒
你是否接纳
我想真切地知道
让风去证实吧

花对雨作答
我鲜艳时
未必是对你的接纳
我绽放时
早已属了他

雨声就这样抽泣着
花垂下头再不予作答
雨唯有
等待阳光的拯救
花开始醒悟

一切就绪

但一切都已太晚
雨和花都在感叹
花结成果实有了归宿
雨年复一年的惆怅

2017 年 4 月 19 日

雨亦心急

蜗居在一隅
听着雨
自然地拍打着
人的防御

深夜
总会有人醒着
就像这雨
有点匆匆

窗前的雨棚
是摆在头顶的钢琴
我听出了旋律
或许是《义勇军进行曲》

灯光下
相伴着这雨声
觉得有点急促
就像人的生命

雨　你不入眠
是否在加快步伐
执意地向夏奔去
别急呀　还有我呢

2017 年 4 月 20 日

谷　雨

一瞬间的转身
让人忘却疲倦
不是在告别吧

你朝着夏奔去
而我总在默默回首
那美好的春光

你总把人甩进美好
然后又悄悄离去
我还没有张开双臂呢

你用呼啸开道
总选择在
我没醒来的时候

2017 年 4 月 20 日

醉了吗

一条曲折小径
不断延伸
极目处
不知道是不是归处

两旁的花鲜艳着
似乎与我无关
看一眼
也就足够

蝴蝶飞来
想告诉我什么
我不想知道
因为我似乎听到

听到的是声音
与内容无关
权作一首歌
到处流浪

自然除了肉体
我恍惚着
不想人来扶持
东倒西歪才是我呀

人生难得几回醉
那就一醉休
醉在你我天地间
明天我仍然难逃脱

以为醉了吗
其实我一直醒着
醒着的是糊涂
糊涂了
才是我真正醒着

2017 年 4 月 24 日

天空般的眼神

天睁大了眼
让人们看着
云飞进了她的眼
风吹醒了她的神

我莫名地崇拜
总想探个究竟
可我的无能
且让她夜间蒙了眼

是白昼的劳累吧
眼睛都冒了星星
是爱的伤感吧
竟然有弯弯的月亮

我本早已躬了身
因为你的眼睛
因为你的眼神
让我仰起了骄傲的心

我喜欢你的眼神
因为眼神里有激越
我喜欢你左顾右盼
眼眶里有红红的情丝

我喜欢你睁大的眼睛
眼神里写满了圣洁
眼神里还有蓝天白云
眼神里还有世事奔腾

2017 年 4 月 25 日

无　答

客问樟树下，
此处是我家？
根叶无语答，
我啸随风扬。
回眸数千里，
大任无家乡。
犹言令誉音，
因心则友顺。

2017 年 4 月 25 日

猜

无语言春风，
昨夜说不得。
月儿悬空寂，
箫玉性相和。

2017 年 4 月 25 日

酒与雨

天把雨洒向人间
山把绿纳在怀中

花且在人们的眼中
酒也在餐桌飞舞

醉酒时刻
觥筹交错的声音

演绎着人生的戏
欢娱间透着那份清凉

甚好有酒的颜色
似乎模糊了人心清晰

揣摩在菜的咸淡中
话语的滋味好香

谁是酒的主宰

谁在尝美味佳肴

谁也不会作答
是雨还是酒的混淆

2017 年 4 月 26 日

凤凰城遐想

楚界不越，

谁能几何？

南来北往数万日，

经年早磋砣。

岁月如梭，

来时无多，

心仪贺兰山间。

又起云涌，

意马奔腾，

心猿西夏大漠灭。

旌旗猎猎，

东临黄河竭。

凤凰城内凤凰飞，

塞上无可期。

三万年好久，

唯有叹息，

哪年哪月哪日？！

2017 年 4 月 26 日

画眉鸟

催声频，
约是春晓时节。
准时准点，
虽日长闲情。
圆眼又媚，
斜睨桃花真美。

轻盈转，
无须靓妆艳溢。
凭寄离恨，
拍翅春暮思重。
唤醒醺醉，
诉予青春心血。

2017 年 4 月 27 日

落日惆怅苍茫

人生一场修炼
和时间和生命
总在红尘纷纷
何时分清敌友

开眼乃太阳升
眠去乃夕阳西
韶华如火路上
输赢决绝坦荡

一树一树花开
何时将心收卷
人生淡淡几笔
或许快意风流

一尾稍纵光影
落日惆怅苍茫

2017 年 4 月 28 日

晴惆雨怅

梦里来去，
仍旧事，
不堪重提，
蝴蝶哪里去？

世上竟有梦景，
翩翩魂飞，
舞在花丛各自喜。
天晴忙，
下雨怨，
做个天地亦难堪。

何况人也，
一场沉梦，
一身汗，
醒来犹空空。
清风帘卷，
你该晴朗，
我管阴，

惆怅雨停满山愁。

我枉费，
爱该归去即归去，
来兮又辞行。

2017 年 4 月 28 日

我走了

我走了
走得有点远
我没有去寻找终点
而是去寻觅爱的起点

我走了
光把我带得很远
我该是从光里来
有必要去寻觅黑暗

我走了
景把我引上路段
闪烁其词都不是风景
风景其实是心中的爱

我走了
走在匆匆岁月里
似乎都是起点
眸间就是终点

我走了
在时间的隧道里
锤炼着爱与情的金石
每一页都是燃点

我走了
该走走了
让日月星辰伴陪我
让春夏秋冬拥抱我

2017 年 4 月 29 日

凌晨雨

雨的急促声
犹如
万马奔腾的战场
不知
它要奔向何处
无非是夏天

给思维加油
还是给花添乱
一阵阵的叫嚣
其势汹也

我静听着
独自展孤衾
是茫茫苍天的言语
还是自作多情

原来是一蓑烟雨
此时可以透过

长荷素淡的香迹
去领略
自我真实的欢喜

急促的协奏
是钢琴声
还是木鱼声
且让我啸傲风月
寄兴林泉世外

下吧　下吧
不要刻意去
挽住春的牵挂
你有你自己
夕红的韶华

2017 年 5 月 2 日

静 夜

风停了
雨停了
静字送在床头上

听见了
唯心跳
空空如也忙到老

不是你
就是我
在这世上谁逃脱

好睡了
明又如何
尘埃中开出莲花

2017 年 5 月 4 日

殇

有点难解的情绪
总在不经意间缠绕

这是物质的意识吗
还是无形的相思

抽象到自己模糊
模糊中真切地分辨

但仍没分清
是宗教还是哲学

没有人可以探讨
只想一个人知道

或许不要任何人知道
默默地从生到灭亡

灭亡只存在个体里

喜欢尽情地发酵

发酵成清纯的气
与她同时天涯消亡

2017 年 5 月 4 日

窗

把窗推开
清风徐来

愿把心裸露在外
不要太多的遮掩
哪怕是青藤墙满

把窗打开
心绪俱来

愿把心结慢解开
日闻香收可重来
哪怕蔷薇棘手满

把窗轻开
江河激湍

愿许心期轻轻卷
菱花暗惜横波再

隐露依然莲塘满

把窗轩然
烟雨江南

愿把残红留一宿
窗窗春风为谁吹
细目杜鹃巧呼唤

2017 年 5 月 7 日

初夏一

初夏
颜色的季节

有点慵懒
花在挣扎中变样

藤蔓也开始张扬
恋爱有了自己的定向

连蚤虫也有夜的欢畅
鸠占雀巢的笑话

云的聚散
在讲哲学的故事

一切都那么短暂
一切都在瞬间变化

初夏的梦很浓

事物都在生长

还有惊雷的鼓掌
连同那绽放不竭的花

2017 年 5 月 7 日

初夏二

初夏
得体的绚烂

凡·高看了
也只有乖乖投降

情者沉醉
多姿婀娜

把颗心轻轻碾压
什么都在生长

此时的雨
亦喜欢玩

激情的高潮
而果子且结在树上

那时的粉红

嬗变成青涩年华

柳絮还在稀稀飘散
催促着初夏的浪漫

2017 年 5 月 7 日

初夏三

青青叶
淡淡风
藤豆悄攀梢

谁寄语
休东风
樱花已无主

人情绪
送斜晖
暗尘锁弦索

初夏乱
蛩悲咽
杨柳垂江岸

云雾开
又晴日
退粉好香收

倚竹思

江梅瘦

时遣寻芳丛

2017 年 5 月 7 日

初夏四

哪方降下的夜幕
让光有点害羞
这是另一种开始
还带着充分的神秘

携手总在短暂间
如果我要问若何
太阳你得掀掉盖头布
我喜欢在拂晓时刻

没有喧嚣
唯带着心跳
看够了月亮
再数满天的星星

银河里原来还有我
这是因为鹊桥的等待
朝朝暮暮
我正想纤云巧渡

初夏有如此迷恋
连蟋蟀也会放声歌唱
不是谁的错
那是缘起的圆满

2017 年 5 月 7 日

这香樟

伴我长大
总跟不上她
枝繁叶茂的体态
可以讲无数天地故事

细嫩的叶
不单纯是华容
而孕育着大千世界
无阻笑迎风雨雷电

枝蔓的舒展
撑着独有的世界
一片阴凉
一片丹心

围抱的体态
赋予她沉稳浪漫
你靠一下她
她给你无穷力量

这季的花

她最香

但什么时候有过张扬

我喜欢她

喜欢默默无闻的

这香樟

2017 年 5 月 10 日

初夏五

日长风静影郁浓，

移人谁跟踪？

鹧鸪天啼，

唤来十里银湖。

素蝶飞，

草花仰，

河边香樟自张扬，

柳聊行天涯。

不来不去名如来。

2017 年 5 月 11 日

初夏六

南来北往，
春过了。
谁入相思调。
花萎子青，
蝶蜂生愁容。
拍翅又重，
满地青青难寻找。
风凄凄。
雨时迁。
垂柳沉思入九霄。

2017 年 5 月 11 日

初夏七

我站在窗口
绿叶
告诉我这个世界
夏天了

我伫立着
把问号贴在
每一片树叶上
秋时
你在哪里

似乎来了萧瑟
对方已关机
心总在冬天里期盼
换回一片心凉

我还是站在
这十年前的窗口
换了的叶不认识我
而我仍念念不忘

2017 年 5 月 13 日

母　亲

山水从石涧流出
无论多曲折
都勇敢地向前
因为海才是故乡
海才是我的方向

我伫立在涧中
那块高高的巨石上
背着我的妹妹
抬眼寻着我的母亲
我的母亲在天堂

我的脚边
有狗的陪伴
无论这样
它都在我的身边
眼神与我的高度一样

山峡告诉我

有母亲的日子
心里是安宁的
有母亲的日子
天地是宽广的

我背着妹妹
寻遍天涯
寻遍天堂
原来无形母亲在考验我
要我也成为伟大的母亲啊

2017 年 5 月 14 日

小米粥

黄金般的颜色
洒落在

眼前的银河
与星星共欢同游

我用我的眼
同享这份快乐

每粒都是一个世界
与其他星球并列

我喜欢嘉许
你喜欢吗

据说你喜欢黄土高坡
你喜欢西风凛冽

我用心亲吻你

因为你哺育了我

你的圆润你的美
你的伟大行天下

2017 年 5 月 22 日

女儿愁

梦里寄来回折，哪家女儿哪家愁？

要嫁了，心忧忧。

何处明月何处暗，高堂夜夜听清漏。

女儿佯装心从容，画了枇杷画芙蓉。

只是无言语。

织青被，无抬头。愿把一生寄江秋。

2017 年 5 月 28 日

我愿成

我愿成一粒尘埃
舍给这从容的大地
无处寻找
也无法寻到
因为
它成就了土地的博大

繁华匆匆
恍如一梦
待岁月风流云散
我还在那里
我没有期望轮回
只是希望寂灭
年年岁岁

我没有任性逍遥
只是心的一种投放
无论风把我吹向何方
都在大地的怀抱

你不必寻找
因为
我愿意一世流离
无畏无惧无欲望

这是我的本源
而不是美妙的境界
这是时间的散落
成就了回归的篇章
此时
没有一江水的相思
没有所爱的暮暮朝朝

我愿成一粒尘埃
这是归去的美妙
前世今生和来世

2017 年 5 月 30 日

眠与醒的分界

突然醒来
睁开眼

周边没了光亮
只剩下过往

丝丝缕缕
记忆里散发着

岁月的时光
微笑和攀越

想用美好
串起一个个春秋

可总是碎碎的
唯有信仰在发光

说的不是秋冬

且在秋冬里呼啸

夏的盛旺
总在春的季节里绽放

2017 年 6 月 2 日

爱的信仰

山睡了
盖好了云雾的被
弥漫着
天人合一的神韵

起伏的躯体
蕴藏着
无数生命的种子
柔婉绵绵无尽止

它的记忆里
有着壮丽的爱
也有自己奔放表达
火山火山火山喷发

峰峦的柔情
溢出清涧的蜜意
沉香木细语着
山和水的恋情

走进山的怀抱
我亦把爱藏在心里
用泉水清洗灵魂
把爱作为信仰举过山顶

2017 年 6 月 3 日

丽　水

山在云雾里安睡
气醇赋厚

峰峦的那分性感
让人沉醉

朦胧的美
不胜欣看

物象在这儿娇憨

飘逸的云
喜欢追美

吻湿了山岩
吻蜜了天

鸥江酥脆的态

绘尽了群山

描丽了水

谁愿意轻易地离开

2017 年 6 月 3 日

玫瑰色的光

云静了，雨停了

就像安徒生的童话
给了我丰富的想象

风停了，山静了

肃穆得想让它说话
给你问个早安

鸡鸣了，藤傲了

田园里有人在采摘
风光就在脚下

天高了，气鲜了

幸运与阳光写在脸上
生活的画面轻松地展开

六月的晨，有诱引

从夜的圣杯里
升起了玫瑰色的白昼

2017 年 6 月 10 日

一颗苍白的星

风在初夏里放牧
突然有一种撕裂

那是我的胸腔
一颗苍白的星跌落

原来它进了我的胸腔

不然哪有如此沸腾
哪有如此热度

全身成了长江黄河的流域

过滤着　清洗着……
脉动着　闪烁着……
呼唤着　嘶吼着……

来了再也没有想过回去

毛孔像草花一样绽放
吐纳着春　夏　秋　冬

它希望我把快乐留下
而那颗苍白的星不允许

2017 年 6 月 13 日

［后记］

自 2016 年 8 月出版第一本诗集《心属远方》后，一度的喜悦让我进入更加梦幻的境地：惭愧、忧郁、胡思乱想……不该名曰诗集的成了诗集，该让人给写个序又羞于启口，一直陷于狂躁与不安中。

大概是经历过坎坷的人，特别珍重历史，特别珍惜情感，也特别珍爱朋友。于是再次提笔，用数年时间写就了《心藏青云》《心闻妙香》《心清自在》这三本诗集。记录着这段时间的灵魂碎片，率性随意地表达了自己人生的教训、忧伤、追求、真挚、执着和向往的深婉情感。这些语句成了我抚慰和滋润心灵的寄托，文字里有刚性品格对丑恶的鞭挞，对青春的追忆，对爱情咏叹的柔软情思，还有芳华年代所失去的精神与情愫、犹豫与怀疑，也记录着对事业美好追求中遭遇的伤痛和裂痕，总想把自己的历史和情感还原得真实和丰满些。

当初在中国人民大学就读时有幸遇到庞贞强同

学，那时他已经是著名诗人了。他曾经送我两本诗集，给了我极大的启迪和鼓舞，让我感受了诗人的品格和诗的魅力。

　　与文字为伴是我人生的一大乐趣，但也是有意无意地叨扰了家人和朋友，在此表示歉意和谢意。在写就和编辑的过程中尤其得到家人及李滢、李炜两位硕士研究生的大力支持和帮助，在出版过程中又得到了浙江工商大学出版社社长鲍观明、编辑张莉娅的悉心指导，在此一并表示衷心的感谢！

　　这是我的诗稿第一次作为套书出版。因本人水平有限，定有诸多疏漏和不当之处，望读者朋友们给予斧正，再次感谢！

作　者

2017 年 12 月

○ 文心诗梦

心藏青云

张国浩 著

浙江工商大学出版社

图书在版编目（CIP）数据

心藏青云 / 张国浩著 . — 杭州：浙江工商大学出版社 , 2018.4

（文心诗梦）

ISBN 978-7-5178-2653-8

Ⅰ . ①心… Ⅱ . ①张… Ⅲ . ①诗集 – 中国 – 当代 Ⅳ . ① I227

中国版本图书馆 CIP 数据核字 (2018) 第 056313 号

心藏青云

张国浩　著

责任编辑	张莉娅　田　慧	
封面设计	叶泽雯	
责任印制	包建辉	
出版发行	浙江工商大学出版社	
	（杭州市教工路 198 号　邮政编码 310012）	
	（E-mail: zjgsupress@163.com）	
	电话：0571-88904980，88831806（传真）	
排　　版	庆春籍研室	
印　　刷	杭州高腾印务有限公司	
开　　本	880mm×1230mm　1/32	
印　　张	8.875	
字　　数	164 千	
版 印 次	2018 年 4 月第 1 版　2018 年 4 月第 1 次印刷	
书　　号	ISBN 978-7-5178-2653-8	
定　　价	118.00 元（共 3 册）	

版权所有　翻印必究　印装差错　负责调换

浙江工商大学出版社营销部邮购电话　0571-88904970

　　张国浩，1955 年出生，博士，曾在军队、政府、银行任职。有一颗童真的心，喜欢魔幻思维，喜欢艺术生活，喜欢笔墨人生。爱好哲学、文学、史学、经济学、金融学。曾出版诗集《心属远方》。

［序一］

张国浩诗集《文心诗梦》序

张　穹

　　张国浩先生说："我的文字，非诗、非词、非文，这是我人生的灵魂碎片，如同铸造生命的拾荒者一样，把这些碎片一一拾起，再拼凑出一个完整的、纯洁的和原始的灵魂。"国浩先生长期从事金融工作，退休后痴迷于诗歌，找到了灵魂的归宿。每日笔耕不辍，硕果累累。已经出版了一本诗集《心属远方》，现在三本诗集《心藏青云》《心闻妙香》《心清自在》又将付印。国画家能够画出灵魂的是大写意的画作，书法家能够写出灵魂的是狂草的作品，诗人能够写出灵魂的是古体诗、自由诗等。但这绝非易事，必须把整个心灵都融入大自然、社会当中，必须超脱

自我，必须身心融通。以此而言，国浩先生每天都是乐乐陶陶、怡然自得、满面春风、神采奕奕。所以，他能放松身心，写出轻松、自由、欢快的诗，在净化自己灵魂的同时，又鼓励人们向往美好的生活，带给人们精神上的正能量。

在诗人眼里，人的绝对价值和神圣价值的实现不在别处，而在于我们这个短暂的、有限的人生之中，在于一朵花、一株草、一片动人的风景之中，在于自我心灵的解放之中，在于对个体生命的有限存在和有限意义的超越之中。在向世界敞开胸怀的过程中，"沉醉"成为最具诗性的生命体验。故以"心"之寓意为书名，观自我之人生，沉醉于自然，沉醉于思想，沉醉于诗歌和艺术，沉醉于美的神圣体验。

诗人把诗歌作为道来尊崇。与道同行，诗词同道。人生求道，人生写诗。躬行诗词之道，骏马、西风、大旗；持恒诗词正道，奇山、长河、羁旅；大美诗词之道，水流、花开、心涤。道不外求，道法自然，与道同行，道容天地。所以诗人宽心、自由地拥抱大自然，在其中体会诗词之道。国浩先生的诗歌读起来像走在悟道之路上，若有所得，若有所爱。读着读着，我们突然发现，岁月总与沧桑相关，无常才是人生的常态。花开一季，人活一世，只有时光安然无恙。那些转错的弯，那些流下的泪，那些滴下的汗，不论好坏，终究成全了现在的自己。

与国浩先生相识已久，我们在一起，有相见恨晚的感觉。国浩先生让我给他的诗集写序，我并不精于此道，特别是诗词方面更是外行，但感到为这些诗集写序很有意思，遂欣然从命。最难能可贵的是国浩先生在极其繁忙的事务中，每天坚持抽出一定时间来关注自己的精神生活，追求自我的道德完善，追求诗歌之道，养浩然正气，并以自己的诗词滋润他人。国浩先生夜夜耕耘不断，孜孜不倦地创作，这种精神是很感人的。"与其出世，莫如思诚"，如《大学》中曰，"自天子以至于庶人，壹是皆以修身为本"，如此持之以恒，家可以齐，国可以治，风花雪月的理想和现实都有可能。是以为序。

张　穹

全国政协社会与法制委员会副主任委员、国务院反垄断委员会专家组组长。原国务院法制办公室副主任，最高人民检察院党组成员、副检察长、检察委员会委员、大检察官，中国行为法学会副会长、金融法律行为研究会会长，党的十五大、十六大、十七大代表。长期从事立法、司法工作，在经济法、民商法及刑事法律研究领域颇有建树。先后受聘为中国人民大学刑事法律研究中心顾问、中华文化促进会顾问、中国人民法制网专家委员会顾问、中国法学会刑法刑诉法研究会顾问、中国人民大学兼职教授、中国政法大学博士生导师、北京大学经济研究中心特约研究员、华南师范大学法学院兼职教授等。

［序二］

诗眸世睫　心香远方

——序张国浩诗集《文心诗梦》

庞贞强

　　曾经和国浩兄同窗于中国人民大学。那时不曾谈及诗和诗艺。毕业时，薄赠本人诗集两本，即后，天各一方。今想，定是心心相印。2016 年，知兄诗集《心属远方》问世，甚向往。今收到洋洋洒洒的《文心诗梦》的三本诗集样稿《心藏青云》《心闻妙香》《心清自在》，遂迫不及待通宵阅读，阅后慨叹诗人"用世为心"的幽兰之洁。

　　我始终坚信，诗歌是世间最美好的选择！

　　张国浩就是一位选择了"诗意栖居"的人。1955年出生的他，曾在部队、政府、银行任职，又攻读了博士。他所历所思一定是独特的。他既有诗人的"独特个性精神气质"，又充满"诗人的责任感使命感及大爱"，正如他自己所说，大概是经历过坎坷的人，特别珍重历史，特别珍惜情感，也特别珍爱朋友。诗人反复提及的"珍"字，其实就已经浓缩了他的价值观和我们时代应该保留和追回的共同情感。

《心藏青云》《心闻妙香》《心清自在》不恰恰对照了珍惜、珍重、珍爱的三境界和诗歌的"真善美"三原素吗？藏－惜－善，闻－重－真，清－爱－美，当把这三本诗集名中第二字，诗人的三个价值观，以及诗歌三原素对应，且把那个"珍"加入每个字之前，你会发现这就是诗人，这就是时代诉求。

《心藏青云》：心中一片白云，内心怎会无雨？诗人的内心要藏一切，就是格局。内心无云，自然干涸。藏是要有容、有经历、有自觉的。我解读的"吸引力法则"是当你对某件事怀有强烈渴望时，与这件事有关的有利因素就会莫名其妙地出现。诗人所"惜"即他的初心和想保留给自己的，都是"悲悯"后的接纳和原谅，那么他引来的一定也是善果，珍惜之果。"一支长篙／无意地萌芽／恍然间成了拐杖／撑了很久很久"（《慢慢行走》），长篙上的萌芽，只是一点点嫩绿，怎么可成拐杖支撑漫路？但诗人相信，用心虔诚支撑，那嫩芽便扶住了人生，这是一种对善念的企望；"鲜活在自己心里／死去在别人眼里／一切是平的／无非自己不平"（《风暴》），这是诗人在呼唤善行，感激所遇。这已经不是简单的善念，而是在呼吁这一代人应该怎么去活！

《心闻妙香》：诗人是灵光一闪的宇宙代言者。世间多杂态，诗心自幽之。对外界的感觉、感知、感通的发心决定了诗的品相。一个"闻"字恰当其衷。不是仅鼻息的"闻"，而是动用一切感知及心触的"闻"，是不敢怠慢的"闻"，迫不及待的"闻"。如此怎么能不"珍重"，又怎么能不"真"！这就是诗歌的生命——真实，真挚，真情。翻开《心闻妙香》随处可见这种珍重。"十年老雕女儿红／杯响处／螺笑人欢"（《海边故事》），这是场景的真实；"天际知道／自己的边界吗？／是鸟飞过的踪径／还是人目测的距离"（《白云之问》），这是情绪的真实；"黑在创造／创造着人类的生命／亦在毁灭／毁灭着可用的时间／把生命搅拌着"（《夜深别样》），这是情感的真挚；"历史是历史／你就是你／我就是我／我你就是历史／历史留下的就是／你我的背影"（《你我的背影》），这样的诗句，已经是真情的升华，此刻他脑中浮现的，应是某个瞬间的内心呐喊，无论怎样，必须对背影认真珍重。

《心清自在》：清清之心可对青山，可赴流水，可沐白云，可随琴音。"清"则万籁俱寂，宁静致远。充满怨恨的心是不会"清"的，如充满污垢的河——

般。达到此境，自是用爱心成就。"遇见便恭敬，遇到便接受，舍己而不得，是为善因，人人种下善因，世间便是莲花。"是的，人人拿出爱心，就都能找到自己的"安好之所"。这就是诗人追求的"自在"，这岂不是"大美"！"乡村的路上／各样的树在站岗／我穿行着／看到了老树上的鸟巢"（《空巢》），诗人把老树比作在家渴望儿女回来的老人，渴望蓝天下鸟巢的温暖，其实回家就是孝顺；"一花一木／虫鸣鸟啼／被所有陶醉／醺醺乎未醒"（《守候着心灵的小屋》），诗人想说，爱大自然吧，梦都在其间；"踏上火轮／做一次哪吒／把过往碾在脚下／前方有金秋"（《解放自己》），诗人渴望的金秋不就是我们儿时平和的瞩目吗？看着妈妈，看着天地，看着宇宙，用一颗初心！

《心藏青云》《心闻妙香》《心清自在》及诗人的"珍惜""珍重""珍爱"不正是诗人的诗意人生吗！有了这三"珍"，我坚信国浩兄的诗歌之路一定是坚实而充满梦幻的。

是为序。

2017 年 12 月 24 日晨

庞贞强

1970年出生于乌鲁木齐，1991年进入新疆师范大学工艺美术系学习，现定居包头。内蒙古作协会员，包头昆都仑区作协副主席，中国诗歌网2018年和2019年签约驻站诗人。热爱诗歌创作，已出版诗集8本。高产的诗人，目前已写诗1万多首。

目录

辑二
浮生若梦

辑三
两重天

辑四

云出岫

辑一

行走水云间

足 痕

面朝大海

蜜蜂拍翅而来

独自欣赏着潮汛

忽见沙滩上爱的足印

也许人早已不见踪影

天际留下了过去的历史

历史的激情

浪与沙的甜吻

一阵又一阵

痴迷的云层
等待太阳的见证
蜜蜂嗡嗡作响
悄悄地离开了椰林
留下了浩瀚记忆
唯独遗忘了
浪潮抚平的足痕

2014 年 3 月 20 日

慢慢行走

一支长篙
无意地萌芽
恍然间成了拐杖
撑了很久很久

一支长篙
默默地成长
走过了春夏秋冬
撑得凌厉硬朗

一支长篙
莫名地成熟
忘不掉逝去青春
撑得激情燃烧

一支长篙
慢慢地衰老
有不尽生老病死
撑得恒久煎熬

一支长篙
紧紧地握牢
使力时避绕暗礁
撑到彼岸极乐

2014 年 3 月 24 日

醒

满城木香

不见花绽

且有棕榈数株

是春未休

咋不见桃花红羞

绿叶难秀

花无艳红

暖风撩拨千重

枝梢沉睡醉眼

只怨锯声刀斧

利熏凄切

忧愁难歇

待惊雷唤醒

还我江山妆点

2014 年 3 月 25 日

归寄日月

那一重山高
又一湾水长
千里迢迢
一匹老马
驮着行囊
又要出发

转身一阵清风
昂首一片星空
一颗碎裂的心
组成新的马达
历经风霜的脑
锤打出新的翅膀

我要飞翔
我愿飞翔
我在飞翔
我是一匹天马
我敢飞越千山
我想凝眸万水

征程不言山高
远行何惧水长
我的身在徜徉
我的心在飞翔
我愿流落风沙
我愿归寄日月
日月是我的故乡

2014 年 3 月 26 日

闲云春寒

云栖春风别样寒，
且有翠竹傲骨立。
忽而快鸟幽声啼，
衔去半点樱桃残。
老翁闲赋榆树下，
品茗一杯随夕阳。

2014 年 3 月 30 日

你我可曾来

一把锯子
锯了千年
从北京到杭州
千年大运河
流淌的是血还是泪
流过的是混浊的历史
流过的是一片一片回忆
流浪千年的船
你能说出多少故事
故事里有风月
故事里有调侃
故事里还有珍珠
故事还在延续
水还在流淌
美眉里滴出
太阳和月亮
无论白昼还是夜晚
亮着闪着
两岸浅唱

堤柳烟花

嘲讽了多少往事

低吟了多少风骚

谁还在

谁留了谁

谁又胜了谁

扬州烟花

年年绽放

沿河寻遍

只剩时间和空间

如今再试看

朦胧雨岸

有几间茶屋咖啡

品味的是一去不复

描述不尽的运河水

你我可曾来

2014 年 4 月 4 日

弯月亮

天空弯月亮，
高高天上挂。
心想揽入怀，
瑶池已变幻。

2014 年 4 月 4 日

樱桃花

霞后见青山，
泽水羡鸳鸯。
青梅共竹马，
共摇樱桃花。

2014 年 4 月 4 日

只要蓝天还在

只要蓝天还在
我的心就要飞翔
只要白云还在
我的思维就能浪漫
崇山峻岭
是我要去看的画
波澜壮阔的海
召唤着我自由畅想
那片草原
等着我去驰骋情怀
我的心没有阻拦
我的心会与碧空
同唱一首蓝
风雷激电
早已谱写了我的灵魂
还有什么值得牵挂
只要蓝天还在

2014 年 4 月 6 日

足下春天

腰带织了久久时间
系在中华大地的腰间

儿女的血泪汇聚
流淌出一曲史歌

隋唐宋元明清
镰刀锤子举工农

松系的腰带再度修织
站在拱宸桥上
犹如伏在运河的心脏

如是我闻
一度哀怨
一度风流

行钵两岸数十里
砖砖有照映

如今换了容颜
两岸葱郁柳烟

水还是浑浊
是那一把琴
在绵绵弹奏
拍岸的声音

播下传承的种子
一代又一代

流淌的是血
流淌的是心
流淌的是禅

我走在你身旁
愿织进你的腰间

走远了
会回来
足下有春天

2014 年 4 月 16 日

风　暴

浪静

哪来的风

看不到

可感受

放弃与被抛弃

活着与死去

活着

鲜活在自己心里

死去在别人眼里

一切是平的

无非自己不平

一切都不平

只要心里是平的

欣赏闪烁

就算是刹那

刹那又如何

刹那铸永恒

永恒在天空

永恒在心里

心里有春天

四季全盎然

给我一点火花

我要燃遍原野

血是热的

就让心里的山常绿

风可见证

云可见证

见证的唯有自己

见证的是心中的风暴

见证的是心中的火焰

风暴　　火焰

一双不眠的眼睛

一把鸳鸯的利剑

斩断妄想

斩断祈求

让妄想和祈求埋葬

让心中风火席卷

去迎接和创造明天

2014 年 4 月 18 日

溪

一曲溪流一缕烟，
夜深当是活神仙。
城楼看尽依旧在，
岸前方是千堤艳。

2014 年 4 月 23 日

夏雨偶思

夏雨密
滴棚声声急

未知遥途有艰险
忆春极

夏雨凉
点滴碎裂残

谁知明日又风雨
欲飞难

夏雨绵
线线无断竭

若思去年今日时
愁眉锁

夏雨茫

心藏青云

丝丝织成席

片片朦胧送断目
须晴日

2014 年 4 月 26 日

云南初见

故说云南缀七彩，
如今昆明何处寻？
山山乡乡居古镇，
粗茶淡饭方是真。
顺手伸去俱拾翠，
天低云薄见洞开。

2014 年 4 月 27 日

丽江，别了

别了
丽江
柔和的阳光
轻轻的微风
飘浮的白云

别了
丽江
再忆是丽江
有人醉而不归
有人去而又去

别了
丽江
唯我没有痴醉
唯我没有迷离
古城小木楼的风铃
迎风而鸣
鲜花伴随

风铃没有艳遇
风铃没有沉醉

别了
丽江
酒吧的歌
街头吟唱
青石板印记了
千年人性故事

别了
丽江
高已入云端
瞰城河潺潺
年轻人的歌
年轻人的醉
多少历史沉淀
纳西风情悠然

我慢走在青石上
记下这儿的盛衰
我仰望蓝天
白云无怨无悔

我俯瞰小河
欢迎再次光临
不绝的人流
不绝的笑容
笑出了年轻人的狂
笑出了天上白云飘

多少人的梦
多少人的念
歌舞升平时的沉醉
马帮的脖铃
慢了脚步
且浪漫了红酒

一层红灯眩目
传来玉龙雪山的笙歌
看到了纳西人的蹁跹
画栋里爱在发芽
瓦片中情在发酵

慢生活
让我数着红灯笼
这儿没有时间
这儿没有空间

一个老人的见证

浪子高唱自己的歌

一位牧马人的逃亡

中国人知道

虽然睡着了

内心还有不同的窗

还有慢

还有执着

还有摄影

还有过桥米线

还有流星雨

把迷幻给了想象中的他

丽江

2014 年 5 月 6 日

西溪且留下

一方祖宗地
有了人工构筑
成了西溪且留下

如今漫行
行云去后遥山暝
已放笙歌池院静

寻找失落的原始
寻觅迷失的梦想
无数杨花过无影
莫不是到暮春

芳洲又拾翠
秀野踏青来
柳絮暗飘时
竟然忘了昨夜非

独行湿地

换了另番景
若是张先坐中庭
把盏当饮三杯尽

2014 年 4 月 22 日

浮生若梦

与你们

万里晴空
一枝美蕉
撒开痴情的手
不再单身漂泊
胸口
起伏出一个小窗
欢迎进来
我一颗裸体的心
与你们共赏

延绵群山
一枝杜鹃
惊醒潺潺溪水
流淌相思情爱
清泉
收养了一瓢甜美
欢迎徜徉
我一颗晶莹的心
与你们豪饮

千层素云

一缕曙光

营造浅浅港湾

停泊疲惫竞帆

暇想

铺平了一片旷野

欢迎驰骋

我一颗至诚的心

与你们并驾

广柔沙漠
一腔疾风
飞扬滚滚尘土
寻找迷茫意境
戈壁
垒实了无垠坦途
欢迎征旅
我一颗坚硬的心
与你们磨砺

黎明清晨
一缰独行
威武华夏漫游
挥鞭直指爱都
城门
敞开了快乐永恒
欢迎携手
我一颗温暖的心
与你们相濡

安静心扉
一个梦境
刻画空旷风雨
怀抱唐诗宋词

古城
我一颗纯粹的心
与你们共存

我愿
带上你们的忧愁远航
我愿
把你们的伤痛深深埋葬
我愿
把你们的彷徨自己扛上
我愿
把你们的笑容高高举起

与你们
与你们

2014 年 5 月 21 日

谁能正确回答

一个罐里

闷着五颜六色

让水泥封得好严实

是人是蛙难分辨

就那几条路

还一路尘嚣

就那几盏灯

还搞乱颜色

就那几号人

还搞臭味相投

热还是不热

烦还是不烦

闷还是不闷

不知道煲里炖的啥

添火添火

炖出的是妖魔鬼怪

肩挨着肩

蒲松龄看了要变傻

甚好

留下了善良人的胸腔
器皿里揣着黑心肠
路人见了更加想
这城堡何时变了样
是油炖了黑草乌
还是吃了沙石
问天问地
谁能正确回答
不过是
酒后的一派胡言

2014 年 5 月 29 日

任　意

一念飞天下，
满目万里尘。
一身臭皮囊，
去留任意爽。

2014 年 6 月 10 日

风

山涧的风
飞着暖意
自由自在地飞

夜鹰鸣叫着
希望风能留住
风回首
拍拍翅膀

览尽了人间世俗
领略了自然风光
从未想过要回头
也从未思虑去安家

向往的是奔波
向往的是自由
不知疲惫
不会停留

翻越高山
跨过海洋
从丝丝到狂飙
任性积聚力量

你伸一伸手
它让你感觉
你想挡它
纯粹是痴心妄想

风成了云的凭借
风成了人的能量
永恒不变
把一切放在胸中

你说热了
风给你清凉

你要作恶
莫怪风的肆虐

看不见摸不着
来无影去无踪

风还想着夜鹰
夜鹰期待着风

风不知从何来
风不知吹往哪

风随时在你身边
风随时会离开

感受着你
感念着你

风
存在
无须理由

2014 年 6 月 15 日

选择森林

走向独立
人生的卷帙

眼前总会有茫茫
当然也会有森林

我自然选择了森林
森林里有我的寻觅

进入森林的原始
都是生活的元素

小鸟啼鸣
蚂蚁爬行

披星戴月
潺潺溪水

饮一口凉水

看一眼行云

你所走过的
都成了路径

你所碰触的
都将是陈旧

你的一呼一吸
都是事实存在

每天的日出
都是你的苏醒

每晚的寂静
都是你的思想

每次的惊险
都是生活的一页

走进了森林
你莫想回头

森林的深处

是一本好书

谨慎地翻开
慢慢地阅读

每一个字
都有你我

每一页书
都是故事

风来了
我们自觉舞蹈

雨来了
我们挥泪歌唱

2014 年 6 月 19 日

向　往

一条古旧的巷
我住得太久太久
似乎蚊子也认识我

一缕新鲜的风
不知从何处吹来
唤醒了我慵懒的梦

一束光撑开了眼
竟然四周都是腐朽
伪装成鲜花般的笑容

一阵玉箫的声音
从遥远处传来
呼唤我离开这儿

一根天籁的神经
从昆仑延伸到心里
脉动的节奏让我启程

我要去遥远的山顶
那儿有神圣的殿堂
也许是我寄身的卧床

我要去高高的山巅
那儿有自由的云彩
也许是我归宿的地方

我要去孤寂的山峰
那儿有清风的灵空
也许是我梦幻的向往

2014 年 6 月 20 日

淋湿流年

雨点在窗前藤蔓上
轻轻滑落

犹如时光在不觉中
慢慢老去

她没有征求任何人
心中意念

悲壮中行走不轻松
寻寻觅觅

谁在留意她的坚定
明白从前

所有的所有怕持久
时光锋利

多久的雨总有停息

唯有心线

倚在窗前远处传来
荷塘月色

浸浸漫漫情意绵绵
淋湿流年

某年某月某一时刻
我也许还会出现在
你的眼前

2014 年 6 月 25 日

沉睡的彼岸

迷离中
被雨棚的声音唤醒
有轻有重
有疏有密
沉静的深夜
雨点声尤显空灵
似乎希望我随它而去
穿越风雨
穿越古老
去一个
本来就没有尽头的地方

半醒时
把雨声做了梳理
顾惜那股清灵
似乎与古刹梵音相连
连成一个空达的世界
除了清脆
什么也没有

隐约中
李商隐在吟诵
留得残荷听雨声
原来是那么的清静
淡淡的心意相通

清醒时
却成了一帘幽梦
怪怪的生物钟
把有序捣了个粉碎
粉碎成这一场梅雨
思绪在雨林中穿梭
与雨相吻
与雨相交
与雨同行
原来躯壳外
还有一个沉沉的灵魂

苍茫中
真正的生命
原来是那样的
渺若微尘
雨又是那样的纵情
但无法触碰我的影子

我也永远
踩不到自己影子
　　　雨
还是下吧
　　　我
还是睡吧

沉睡中
相忘于江湖
沉睡中
丢掉荒芜的过往
沉睡中
泛舟自由的梦海
沉睡中
去驶向醒来的彼岸

2014 年 6 月 26 日

我与蒲公英

哪来的风
把我吹来这儿
哪来的灵
赋予我如此魂

自由地生长
亦不免风吹雨打
挺拔地成长
完全超出想象

试问何来倔强
只因我向着太阳

长着长着
成就了 π
长着长着
镂空了头颅
长着长着
竟然绽放了心里的花

风微微吹来
我自然舞起欣喜
风雨雷电
练就我身躯

草丛中
空旷间
我用天地精气放歌

为了你的高兴
我将贡献我的存在
为了你的怀想
我将放弃我的梦想
为了你的镜鸾
我愿永世守候

2014 年 7 月 2 日

午睡醒来

黯黯无绪
恹恹思睡
问窗外晴雨
何日还我明月

展衾魂飞
仰天游丝
问朝云行雨
春夏可又来过

宿妆成乱
凭高目断
问鸿雁迟飞
无限思量将置

前路茫茫
仰首长啸
问雄鹰可见
天涯地角寻遍

心藏青云

伸腰展肢

高楼凭倚

问行人可知

遥念含愁何谓

2014 年 7 月 3 日

踌躇的灵魂

一个踌躇的灵魂
徘徊久了
就会去挣脱
就想去高飞
眼前的陈旧
涌动的隐忧
其实你不用想得太多

一个踌躇的灵魂
因为没有
看到凋谢的花朵
因为没有
看到眼前飘过的落叶
自扰自忧
向前一步
其实就是苍翠景秀

一个踌躇的灵魂
期盼得太多

似如飘忽的云朵
精神的晃悠
朝云暮雨
其实你样样都有

一个踌躇的灵魂
牵动了
山摇地动
你已分不清左右
方向
在你优美的掌中滑落
其实幸福一直静静守候

2014 年 7 月 5 日

山腰的一间小屋

山腰的一间小屋
开着一扇小窗

哪年哪月的事
都在它眼前晃过

山腰的一间小屋
那扇小窗没有关上

它要倾听门前小溪歌唱
还要静闻山蝉鸣放

山腰的一间小屋
那扇小窗睁大了眼

它要亲睹云的虚无縹缈
还要享受风雪逍遥

山腰的一间小屋
那扇小窗敞开了胸怀

它要亲自和山川拥抱
还要与它翩舞良宵

2014 年 7 月 8 日

山　脉

一条线
流淌得如此绵延曲折

一线脉
谱写得如此酣畅淋漓

不知哪里是开始
不知哪儿是结束

每一个崛起
都是巍峨的宣言

每一层重叠
都在书写深不可测

每一个起伏
都在翻舞心的浪迹

我匍匐在你的脚下

感受你的伟大

我仰望着你的巅峰
才知道我是一粒微沙

我走进你博大胸怀
才真正认知我的渺小

你用坚韧征服着世界
你用居高俯视着海洋

你用苍翠显示生命活力
你用火焰挥洒生活热情

我无论走向何方
都在默默把你寻找

我无论多么艰辛
都在甜甜地向你微笑

你是我生命的源泉
你是我生活的动力

我的血脉与你紧紧相连

我的呼吸与你息息相关

你用崇高显示你的存在
我用真诚构建我的生命

风雨雷电是你的滋养
春夏秋冬是我的命脉

山脉就是我永生的血脉
血脉就是你的源远流长

2014 年 7 月 14 日

一壶酒

一种磅礴在涌动
谁看到了
没有猜测
在哪儿
谁也没有觉得
静静地
一片风平温润

一种磅礴在酝酿
你看着我
我瞅着你
有事吗
谁也说不准
悠悠地
一瞬悄然消失

一种莫名想喷薄
他进一步
我退三舍

谁是谁

谁也不想问

慢慢地

一秋默默来临

一把酒壶挎腰间

你迷着它

它无所谓

可喝否

你自己去试

品够了

一世醺醉少醒

2014 年 7 月 23 日

从大山里走来

小嘎子
从大山里走来
没有数过脚步
没有计算心跳
一个回眸
竟然少年已白头

勇敢地走了四十个春秋
快乐地奔走了一甲子
用不大的脚丈量了
东西南北
春夏秋冬
乡村阡陌
城市街道
激情军营
职场忐忑

总想在记忆的行囊里
找到什么

什么也没有
唯有心脏的两个窟窿
还有一条带有血痕
斑驳难辨的小路

还在雄壮地向前走
虽无项霸主的英烈
且有张翼德的勇猛
有时很想在长坂桥头
大吼一声
而不是那首霸陵小曲

人生这玩意儿
好奇妙
人生这条栈道
好难走
然而只要那粒西红柿
还在欢唱
蜘蛛般的路就会有拐角

暴风雨来了
你抖一抖
你更应该快乐地向前走
因为你自己铺设的路

和日月的经纬度
是一样的圆和曲折

因为人老了
可以多一个故事
因为路难了
可以配一根拐杖
因为多一条腿
路会走得更精彩

2014 年 7 月 28 日

云河栖息

只要不睁眼
永远大于所见

只要一睁眼
总是狭隘发泄

心从感官中抽出
世界就大而无边

受惊不安的灵魂啊
就因为你太讲感受

深深沉沉戚戚
你拿一生何必

摔掉坛坛罐罐
多点纯朴自然

你乘逍遥飞船

心藏青云

我去云河栖息

从此挥兹过往
身灵两重天地

2014 年 8 月 7 日

秋风醒

时间寸寸

微足难量

踏遍青山皆是石

蓦然回首

细忖思量

哪路哪江度众生

空余陈迹

谁能记起

好像空欢又悲起

白发再染

仰天长啸

凌风又握偃月刀

2014 年 8 月 10 日

那片叶子

漫行在茫然道上
道上有一片叶子

不一般的物体
不一般的叶子

通身的忧愁
通身的血丝

还有满云的相思
还有满眼的凄怆

风起时的飘荡
把心事送向远方

远方在何方
远方在心的尖尖上

心尖上挂着的叶子

镌刻着命运的名字

风雨如晦
鸡鸣不已
仍是魂断蓝桥的那片叶子

2014 年 8 月 14 日

白手套

天忽然感到
大地混乱而肮脏

于是雨
成了天的白手套

每一丝雨的坠落
都是天的望远镜

渗透进
大地的每个细胞

透视着
每个人的心窝

照见了
善良和罪恶

你要做的和他要干的

都没有逃脱天的慧眼

被折磨着的大地
被折磨着的人群
被折磨着的良心

你沐浴吧
你洗礼吧
你祈祷吧

否则
谁也不要想逃脱
天的白手套

2014 年 8 月 16 日

辑三

两重天

太阳鸟

难以捕捉的记忆
凝然的眼神前

突然飞来
不
是我向她迎去

三星堆的火花
点燃曙光

她成了希冀
自由向往使者
腾飞的期盼
报晓着心中的执着

她引领着
迎接自然和太阳
让向往的人享受
光明
太阳鸟
我热忱的心！

2014 年 8 月 23 日

圆　月

有一种期待
其实老天爷
早已知道
给你十四天的
期待　期盼
更有一年的期望

把门窗关上
松一下眼
你的四周都在狂笑
把窗打开
让愉快的笑旋转
去圆满那一轮清辉

看一看这迷人的夜晚
圆满就在你的头上
此时你尽可
把不悦统统甩掉
去拥抱那一轮

心中的明月

你该知道
月圆了
不要过于掩饰自己
你可以默默祈祷
让月光清洗你的残梦
让她躺在你温暖的胸膛

月缺月圆
创造了人间清欢
就在这一天
就在这一夜
让心中爱的琴弦尽欢
谱一曲枕畔花好月圆

2014 年 9 月 6 日

爱 恋

远远近近
心里总在不停地翻滚
不知是哪位上神
给人种下了思维的种子

明明白白
又不明不白
没有人喊停
谁都没有主观驾驭

早早晚晚
是谁相了谁的思
爱着总不会分离
手里捏出了湿润的汗

反反复复
总有那一缕责怪
可谁也没有松了谁的手
不是冤家不聚头

年年岁岁
春夏秋冬
思念凝结在虚妄里
还是那样无尽无止

日日夜夜
羞羞答答
胸腔里堆砌的那个字
到了分离才去喷薄

丝丝缕缕
秋的情绪
是春哺育的子
不要轻易举起镰刀

点点滴滴
谁也没有注意
其实那就是生命
其实那就是爱情

2014 年 9 月 15 日

飘扬在风里

拉起生命的风帆
乘足凤凰之风
飘扬
在路口，在山间
在梦里，在眼前
随我而来的雨
作为动力的油
连同委屈
连同泪水
连同坎坷
连同成功的希望
飘去
飘去

没有回头
更没有后悔
如果努力的线断了
堕落的地方
就是我安居的家

如果风帆的眼闭上了
光明依然存在
我仍然存在
存在于光明与黑暗间
活着的存在
就是飘扬
飘扬在
独有的精神世界里
飘扬在
凤凰般美好的风里

2014 年 9 月 23 日

我的心仍然在沸腾

粗野无序狂乱的雨
拍打在我的脸上
渗透在脑海中
还是那样的激昂
还是那样的执着
不管风吹雨打
向前，还是向前

无论是灼热还是冰冷
我的心仍然在沸腾
尽管热烈的青春早已逝去
只剩白发稀疏
没有希望回归蓬勃
但渴望靠近太阳
哪怕是太阳西下

2014 年 9 月 23 日

鲜亮的夜晚

一本
陈旧而斑驳的日历
记下无数痛苦和幸福

人们是怪异的动物
总是记着痛苦和刺激
总是忘掉欢乐和愉悦

好喜欢翻阅那几页痛苦
于是自然地记下了仇恨
滋生了无边无际的欲望

让自己不可遏制
让别人无法理解
啊

难以捉摸的年岁
为什么要疯长
那么多的短暂和贪婪

秋天来了
桂花香了
天气凉了

请你合上那一本
无聊而易泛起痛苦的日历
奔向人生崭新的里程

走向欢乐
走向自然
走向自由

过去的牵挂
是一朵飞去的云彩
留不住她美丽的身材

算了吧
明天的太阳将更温暖
明天的月亮将更多彩

醒来吧
请用好你的眼睛
去努力摄下幸福的镜头

心藏青云

勇敢吧
把那瓶痛楚扔了
让甜美驰骋在你的胸膛

请记住
你要的鲜亮
就在你期盼的夜晚中

2014 年 9 月 27 日

贪　欲

满大地的头颅
一样痛苦的面容
表演着不同的挣扎
且没有人呐喊

满大地的愁容
跟着秋天走
蹒跚在贪婪之途
且没有人喊痛

满大地的眼神
看着同一窟窿
争先恐后地往前走
且没有人愿意停步

2014 年 9 月 30 日

一条长长的小路

一条长长的小路
我欢快地往前走

头顶有白云陪同
还有清风乐相送

一条长长的小路
我慢慢地向前走

耳边小鸟在唱歌

心间有爱在涌动

一条长长的小路
我背着手轻轻走

田间稻菽在点头
快快忘却往日痛

一条长长的小路
我仰着头匆匆走

夜幕在慢慢靠拢
一棵青松在招手

2014 年 10 月 2 日

白云源水

天水一色

碧透倒影互粉天

练舞千丈

微风徐来

吹清一潭秋水

心间浪花层层

一石击水

圆满叠放

塑景天涧溪

数步一停

回眸

万山红遍

醉白云源水

洗清心肺随仙去

谁希归

2014 年 10 月 3 日

空　白

大脑是一片肥沃的土地，
你要什么，它什么都有。
你要疯狂，它助你疯狂。
你要智慧，它给予闪烁。

大脑是一片深不可测的森林。
森林里有豺狼虎豹，
森林里有虫草蛇石，
森林里什么都有。
你要什么，给你什么。
瀑布，溪涧，鸟鸣
悬崖，峭壁，青松！

还有那大片的空白，
此时可以没有意志，
没有知觉，没有理智，
只留下一片空白。
或许是你最终需要的
一个平面。

简单到不能简单，
空白到不能空白，
空白竟然是如此
优美胜境。

2014 年 10 月 4 日

等待着

魅影般的词语
饥渴而写下的曲调
有理智开始
就有了这个幻想色彩的词
笼罩着人类
戏弄着人类
很像飘拂的面纱
离得很近又很远
柔软的细格
就是迷幻的世界
等待着

多少光阴
被它活活地扼杀
多少美好
被它活活地践踏
该做的且放下了
该有的且远离了
等待着

一生的迷雾
始终是心里的墙
因为有了这个词
让无数痴人捧着
这面镜子活着
被无数好汉奉作权杖
搂住不放
等待着

还是信奉
"一万年太久，只争朝夕"
等待像一只
朝死亡路上奔跑的小鹿
始终无法抓住它
它是你的等待
它是一个群体的烟雾
它是一个族类的无聊
等待着……

2014 年 10 月 3 日

居 高

居高群山舞，
展翅凭尔飞。
心有雄兵在，
何惧满身虱。

2014 年 10 月 5 日

尽把休闲逐

一眼绿茵
晚霞洒泼巅峰
似火焰雄起之势

簇团绘彩
笤溪萝烟
挥杆愈忙碌

层林尽染
倦鸟宿归
已是薄衣风寒

笑声处
又是一杆好球
尽把休闲逐

山体绵延
车骋人欢
眼随球飞处

落点神意
若无数年功夫
杆挥着意无觅处

折折曲曲
还不是
冲着那恒久的目的地

2014 年 10 月 16 日

没有星点的夜晚

深邃的夜
我把思考抬起
去找那星星点点
没有　是否太遥远

此时的月亮
也不知去向
是否躲进了
太阳的故乡

此时知道了徒劳的意义
但思维的触角在延伸
虽不敢说探究真理
但总在对真实表示怀疑

一代代
鲜明的
世界
将是怎样的面貌

正齐向前
亦没有例外

深夜星星点点
或许嫌烦
或许过意
找不到星星点点的夜晚

2016 年 5 月 1 日

静静地

静静地看着繁花落尽
不要轻易地眨眼
那是自然形成的周折

静静地享受落寞的宁寂
可以适当地吹胡子瞪眼
那是春去夏来的更替

静静地聆听远方的雷鸣
夏用咆哮呈现情绪刚性
那是你必须适应的环境

静静地蜷曲在某一角落
视闻间证实你真实存在
那时未必计较是否需要

2016 年 5 月 7 日

干　花

人类通病
寻找伟大
无数美丽
成了干花

惋叹惜痛
枝蔓欲滴
美目顾盼
山河沉醉

一枚钻戒
紧箍欢心
你我共唤
真善美好

一声啼叫
爱在焚烧
奉献无私
旗帜高飘

心藏青云

谁能比了
谁能比了
干花嗷嗷
去了去了

2016 年 5 月 8 日

鉴 美

一弯美眉，让人痴迷，倩碧在心底。
徜徉玉带黛媚，晴晶天体，醉眼举案齐眉。
但愿时辰永驻。

无数珠玑，散落在天际。
乐乐展碧涛，无怅情礁惆。
点滴滩头有红颜，踏浪子执无须觅。
立潮头，湛蓝间偕老驱白头。

2016 年 5 月 11 日

一粒演变的种子

一粒漫天飞舞的种子
落在了一块荒芜土地
自然地生长在呵护中
四季巡回又不识东风

是什么样的一种逆袭
旷野上一匹饿狼等着
迷途的羔羊何时知返
西风吹瘦了那枚孱心

四肢在荒漠戈壁狂刨
不时地向南望着海疆
弥漫的伦理遮望眼断
礼义廉耻系在脚踝上

浅夏白云各异的造型
不知能看清多少狰狞
鹰展开雄翅勇穿云层
蓝天夜晚去探寻星星

······

一粒种子的演变

2016 年 5 月 14 日

深沉的弯道

捡一个过时的词藻
放进曲曲折折的肠子里
在弯道上好好琢磨
忘却所有的不应该
认真地对待自己
把闪念放在指尖上
轻轻地弹奏

没有伟大的目标
只有平凡地度过
在肠道上转悠
不影响别人
悄悄地回忆过去
淡淡地品味现在

这可能就是我的生活
让思绪像云一样飘忽
听听温柔的雨声
感受凉风的娇羞

唯有风和雨围绕我
日日夜夜夜夜日日

曾经有过数不清的可笑
曾经想把它彻底忘掉
但本能与本性没有放过我
让一切都默默地吞下
吞下平凡的过去
也要吞下艰难的现实

慢慢地去习惯这惨烈
仍然放在肠的弯道上思考
不要去打搅别人
睡着的灵魂很难苏醒
白天可大胆地戴上墨镜
让世界的颜色变深些
别人也未必需要看到
看到你深沉的眼神

2016 年 5 月 17 日

风 起

深夜清风起，
甘念隔岸人。
若是苏辛在，
笑作豪放词。

2016 年 5 月 19 日

尘

一点尘埃在旋转
寓卧在铺天盖地中
担忧着这个球
随行星快速地飞走

穿梭在同样的尘埃中
魂魄变成了文字
一代人笑得很欢
那尘埃
那些尘埃
眼前的那片尘埃
端起手中的杯

一点尘埃无法落定
一直一直在旋转
旋转掀起了更多的尘埃

2016 年 5 月 21 日

楼阁观雨

眺望度寻，
乳脂飘逸，
隐隐风姿，
纤细腰身娆别枝。

绵络天地，
经以八卦，
温纯深润，
大道低回，
婉转悠扬腾九闼。

且住，
我欲乘鹤追去。

2016 年 5 月 28 日

走散的心

在高楼间穿梭
让水泥把颗心硬化了
总觉得矮小
总觉得生硬

雨下着
把这颗心逐步瓷化
有了想象
有了心平气和

看一滴水
落在树叶上
滋润着色泽变绿
一股青春之气

走走看看
老人最经典的生活
尽管讨厌高楼
但把无奈变成了习惯

雨滴在脸上
柔融着以往
以往全是故事
故事像雨纷纷扬扬

雨会斜着落下
就像读别人的故事
会把自己牵进去
好一场壮丽的人生

2016 年 5 月 29 日

雨歇心朗

雨停了
该是一分晴朗

小草怡动
绿叶摇曳

山青青
水潺潺

群岳层叠
眼前一幕好景

一瞬即无
一时即有

天人合一
此时希贤希圣希天

绚丽已过

心藏青云

清朗已至

道心俱生
立天地之间方无忧

2016 年 5 月 29 日

勇敢的心

心中有泉水般的涌动
无须计较它流向何方
不要去听风的召唤
你始终是你自己

北斗七星运转着
它从未听从谁的召唤
天枢矢志不移
向着北极星座
春夏秋冬
永远不会脱离向往

水与星不会衰老
他们有着自己的坚信
无论是天上
无论是地下
把所有的未知一概忘却
旋转　　向前　　永恒
谁敢提出无趣的挑战

把心铁定在北极上
风雨雷电又作何论
日暮月升又将如何
你永远是你自己
你无法抗拒别人的想法
何必去计较这些无趣呢
勇敢向前　向前勇敢

2016 年 5 月 31 日

以血书者

早过了烂漫的季节
花也不最鲜艳
可旧枝还在
还在等待
枝叶灿烂的季节

价值在过程里
过程里接受风雨雷电
过程里领略风霜雨雪
把个枝头挺挺地傲着

向着阳光
向着未知
向着自己的情趣
没有理由地渴待结果

平淡在无闻里
伟大在普通里
把握着每时每刻

把握着纯净的初心

忘却该忘却的
记住该记住的
唯有按照神意
一步步向前走

没有了年轻的计较
没有了血气方刚
平和了的心
可以在轮回里燎原

燃烧着曾经的志向
用木炭把生命涂写
眼角在困难里一扬
生命就是这样傲慢

2016 年 6 月 2 日

思想的绸带

存在是被感知的世界
刀枪林立
利欲熏心
商业粉碎机
不要命
不要爹娘
还不要美好的未来

什么样的时代
什么样的路
哪位才是救世主
没有发现的秘密
把心里的窗帘
拉得严严实实

等哪天醒来
可能是一座庞贝城
可怕的心
可怕的未来

谁在担忧
谁在描述
谁可以真正地主宰
也许我是杞人的后代

认真耐心地等待

2016 年 6 月 3 日

魔　戒

心是一颗魔戒
不知是谁打造
一旦成人
即刻戴上

长长久久的变法
一直折磨着
每个人的心灵
谁能干净地摆脱

一长串的问号
连接着人的大脑
山山水水为之变色
一生一世为之沉迷

修行的法道
让魔戒遁逃
可又有几人能修成道
不是一般的忘却

日日夜夜里
无休而无止
其实淡定了
魔戒就失效

2016 年 6 月 5 日

我是我自己的谜

不是运河的美丽
不是为了缅怀千古
踩上古老的石条
沿着运河走

灯光倒影在河中
河静静地接受
微风吹起的涟漪
连接着我沉沉的思绪

两岸风景在隐约中
走近了才知道她是谁
但是仍然不屑一顾
长长的延线有尽头

信念的力量有多大
运河是最好的见证
穿越了千年的思考
眼前的一切是修饰罢了

汗尽情地挥洒
步履且在放快
没有彩虹的召唤
凉风拂过苍老的脸

历史是血和汗泪写下
一代又一代人的努力
谱写了运河两岸人的故事
我一直在胡思乱想

好像到了一个点
明天还会醒来
也许明天还会来
一直沿着运河走

到点了
歇歇再开始
运河是历史的谜
我是我自己的谜

2016 年 6 月 7 日

伟大的使命

茫茫中
落下晶莹的一滴
飘飘洒洒
根本就没有想过
该落在何处

大江大海
崇山峻岭
繁华贫瘠
没有自己的主张
没有有意的驱使

自然到自由
自由的飞翔和漂泊
轻轻松松
随遇而安
不需要如此多的意志

把自己拉长

拉成线一样
连绵而无垠
与天地人相接
这是我伟大的使命

2016 年 6 月 9 日

叹息之美

天茫茫兮，光强射。
地错落兮，有异彩。
人瞬间兮，历苦海。
物丰富兮，归原位。
月艳丽兮，盈亏美。
星点点兮，不可摘。
谁叹息兮，亦无为。

2016 年 6 月 10 日

夜　行

黑色把勇气
顶在头上
勇敢地
驱走了日光
同样势不可挡

我从挥汗中走来
拂脸的凉风在笑
其实我始终向好

自然永远
是人类的老师
人类强悍
且做了永远的学生

我面向黑暗
每秒都在深度地思考
有点累了
令日光走开

有星星和月亮的夜晚
是上苍赐予人类的美好
夜行是夏天的另一种美妙

夜行是天性的模仿
猫头鹰在欢笑
来吧　在黑夜中同行
我携着你呼啸直上

2016 年 6 月 11 日

细语江天

云沉天暗，雨任性，下个不停，不听东风劝。

伞下孤行，默思然，无可奈何，又奔券商去。

哪肯茫然，乐辛苦，东奔西窜，再枝破枯萎。

柳枝可残，定再春，年年荫绿，细语与谁说？

2016 年 6 月 25 日

楼茗观春江

一把天琴横卧，浪涛东流去。
岸边存千军雄，行云流水。
沉醉万岁，何不早归乡。

楼阁闲语话江山，以茶为艺。
五千年文明璀璨，江渚英雄。
数孙郎仲谋，近有达夫硬汉，尽在品茗风流处。

叹息不为古朝，谁敢再论今朝。
花甲之年来往，看谁绘宏图？
春江滔滔掀千浪，东去矣！还是常棣盛然。

2016 年 6 月 25 日

我不喜欢孱弱

一颗闪亮的流星
威武地划过
奇怪
我突然想到了孱弱

我不喜欢孱弱
幼时无鞋
我可以在滚烫的石路上行走
并把全身晒得黝黑

我不喜欢孱弱
十四岁时放过牛
它高大而犟
它曾经与我对抗
最后被我彻底降服

我不喜欢孱弱
可以通宵钻研一道
别人不觉得难的数学题

于是我初中毕业
堂堂正正地考上大学
后来又一发不可收

我不喜欢孱弱
军队的战斗技术
难度不低呀
但我自强不息
很快就成了军事尖子

我不喜欢孱弱
一生不服输
一生与命运抗争
跌倒爬起无数次
就像流星
刹那间的坠落
也要闪烁出它的光

我不喜欢孱弱

2016 年 6 月 26 日

『辑四』

云出岫

晨　曦

一叶绿色心尔雅，
日月熙光润年华。
夕阳不负少年志，
雄飞千里亦当年。

2016 年 7 月 6 日

悸动

登轻履，披红衣，总想云游天地。
出凡尘，触彩云，敢冲苍穹擎鹰。
年已暮，心不衰，志高无须听伊。
拂行衣，略风雨，惊雷又惧何人。

2016 年 7 月 9 日

坐在风的另一端

人生如风
吹过春夏秋冬

幸福与痛苦
交织在心里的风雨
不识风向的鼻孔
总坐在风的另一端

看不见的风霜雨雪
落成了心间模糊的窟窿
无论怎样
谁能让时间逆转

行到水穷处的感觉
也是在风的另一端
走向总是统一
另一端响起了笑声

2016 年 7 月 15 日

短了时光

我出现时的混沌
是你给出了希望

此后的你我
谁也没有分离

你推送我
进了青春时光

我把珍惜
搁浅在盲目的床上

待我醒来
忽然发现短了时光

这一晃
把我前两截晃掉

我伸出十个手指

数了数属于我的时光

原来稀疏的发
早已清晰地记了数

春夏秋冬的曲
唱响了暮年时光

有点心慌
只是因为短了时光

2016 年 7 月 30 日

雷　霆

喜欢这样坚持着
携着一身正义
披着满天云霞
行走在苦难的天下

可乘一片轻叶
可随一阵微风
不希望任何人知道
哪里有恶
我就在它的头顶炸响

不需要春天认可
不稀罕秋天承认
我要走的路
不需要夏天设计
不在乎冬天铺垫

我走的是坚持的路
我行的是善良的道

我持着闪电的剑
要惩罚所有的恶

你无法认识我
因为我知道我的丑
不是简单的忍受
而是对不平的惩罚

请你原谅我
也可记住我
我的名字是——
雷霆！

2016 年 8 月 5 日

时间煮雨

一叶随四季飞来
懂得了轮回苍生

当光明被黑暗封锁
一切丑恶的交易才开始
黑暗的感知好沉重
眼睛就这样失去功效

是旋转在造孽吗
还是人们自灭的欲望
如果一切全是宿命
我宁愿相信时间煮雨

若不想做岁月的棋子
就不要愚蠢地去选黑白
时间的无涯里
有你要的星光般自由

2016 年 9 月 1 日

破　暝

多少岁月
多少里弄
一直走在
弯弯的小路上

一年两年
经历了无数年
回首凝望
已有六十余年

落霞孤鹜
秋水无尘
阵阵飞雨
归于暮年澄明

有多少回忆
有多少岑寂
不想听到任何声音
因为岁月太深太深

心藏青云

笙歌归院落
灯火下楼台
一场场散去的戏
人们还在重演

看够了来去明月
才知人生苦短
破暝晨晓
前面才是知悟澄辉

2016 年 9 月 3 日

秋意人生

一抹蓝
蓝遍了整个天空
心儿就此亮堂

青年在柳堤奔跑
暮年在陌巷追忆
人生图景的红描

秋意开始浓烈
心惦念着远方寒热
多元世界的人儿呀

浪潮在慢慢涌动
沙滩愿意静静等待
等待你一次次热烈拥抱

2016 年 9 月 12 日

读书郎

翻开墨香的世界
我喜欢自我陶醉

一字一句一春风
一章一页一世界

翻开首封的绿叶
寻找喜欢的花蕊

心绽放在标点里
诠释人生的边界

只需要一缕光明
去照亮无限世界

心仪在探索黑暗
只为一枝的相爱

枝头点缀着红梅

胸怀雪白的世界

期盼无尘的禅韵
翻阅时光的经卷

2016 年 9 月 23 日

淡淡的白云

淡淡的白云
在蓝天中短暂地栖留
她在召唤还是诱惑

有形与无形
无言与流淌
一切都是暗示

我愚昧至极
读不懂听不完看不够
始终凭窗默言

一切被短暂覆没
一切都是短暂的挣扎

为了什么？
谁敢作答！

你走吧

淡淡的白云
快快地走

2016 年 10 月 2 日

温梦寻旧踪

多少念起，蕉鹿梦碎。

今归田园兴起，携脉往稠溪。

黄花憔悴风露，野碧涨荒莱。

风雨化人，幼时陈年，外婆人家。

台门重重东风细，墙柳舞溪水潺流。

曾忆多少故事。

旧踪影疏，轻推门，女媪问来意。

四十余载如逝夫，旧屋不见。

朽木堆积，碎瓦乱片片。

泪腺早已枯竭，唯剩童年梦稚。

慈爱温饥饿，声声囡囡犹记。

难忘处，无泪痴骨此时情。

2016 年 10 月 3 日

光　隙

一下车
就到了时间的另一头
异样的感触
是愁　是情
还是岁月短暂的恨

就那么一点点时光
简直是光的间隙
有了生命和演绎
苦和甜
笑和哭
爱在欢笑中
凝固了宿命的情仇

胡思在光的间隙
不时扬起彩虹
一段段动人的旋律
全是重复的故事
每页的喜欢

总夹杂着百味的干泪
久久地等待着那份情柔

间隙亦美好
因为它在光与光之间
此时的色泽
不需要太多的叙述
在手中慢慢变成习惯
习惯在间隙里沉浮
白天黑夜
有时根本就没有
直到间隙慢慢把我送走

2016 年 10 月 5 日

雨·枫叶

我以火焰般的热情
拥你入怀

你用柔情般的晶莹
温暖干泪

秋天的风光
秋天的萧瑟

我不会让你失望
一袭玫红的情怀

我把春夏的躯体伸展
你用饱满的情感浸润

没有更多的企求
只为你的到来映红

度过千万个轮回

我没有想过要变色

寒冷的风口
我仍然张开欢迎的姿态

2016 年 10 月 7 日

敢与凌晨独来往

好生行走，一伞轻撑防雨落。
庭院闲坐，金叶飞来胸中鸟。
岁岁静好，勤拭俗凡江月天。
人人无恶，喜悦清蓝点点星。

2016 年 10 月 13 日

石　榴

上帝的圣果
谁在栽种
谁在采摘
始终张着笑脸

没有人告诉我
这是个善良的世界
没有人告诉我
这是个供奉人类的果

秋天在催化它
收获在人们的手中
那份美丽的羞怯
少女般的圆润和鲜艳

从乳白而来的优雅
红得像姑娘的嘴唇
歌唱着来到人间
可遇到的是最真的残酷

把她撕裂的瞬间
欲念在嘴边造孽
满满的世界里
是满腹欲色的子民

惊讶在眼神里泛滥
她犯了什么大罪
要遭致如此罚律
物竞天择的锋刀

我开始黯然的怜悯
我开始悲天的咒怨
给她以安宁
给她以浓浓的挚爱

2016 年 10 月 20 日

陌生人

大大的头颅上
架着黑框眼镜
披着陈旧的黑风衣
你是谁？

我睁大眼睛
怀疑着你的来历
陌生！
似乎在前世见过你

我躲在外婆身后
似乎见过你
你曾经为爱疯狂
爱着围白围巾的姑娘

你走近我
我成熟地退缩
你不要骗我
虽然我步履蹒跚

你的微笑
前世我就见过
本来我在你的世界里
只因为人生的山太高

你走吧
我不想见到你
因为你不是我的亲人
但你的世界且搁在
我小小稚嫩的掌心里

2016 年 10 月 24 日

秋雨的安慰

一场秋雨
在尽情地
覆盖我的记忆
我把我的思绪理清
原来与雨一样凄冷

是酒后的言语
那一定是窗前的秋叶
飘落的时刻
谁能看到
但重要吗

我喜欢把一切忘光
才知道
忘光是重生的重生
重生中隐埋着浓浓的你
似如清纯净涤的红酒
抑或是荒漠采摘的玫瑰

秋雨想多了
但是还会浓烈地想
那是自然的和谐
也一定是青春的复生

我听着看着想着
一切都在时间中成空
空空如也的真切
一定是相见恨晚的美妙
谁能知道
为什么又要谁知道

世界是清醒的
未必要时间去证实
唯有我的心知道
心似秋雨般磅礴
飘忽落下
微笑哭泣
人生在跌荡中荣耀

2016 年 10 月 26 日

秋雨醒

滴答声
无言浪漫
却给人以特别的想象

尤其在深深的夜
闭眼地醒着
静静地听着

人生中的趣味
浮想在甜蜜和痛苦之间
每一滴都有丰富内涵

只要你敢想
只要你有精力想

来来去去无数场
我毫无厌倦
似乎她在无穷地创造

醒了
不是我的知觉
醒了
又是秋雨一场

2016 年 11 月 10 日

这秋雨

一场细细的秋雨
把人的回忆掀起

你好吗？
我真的很想你！

绵绵延延的雨
数不尽的闲愁

你在哪？
我的心在找寻！

丝丝缕缕的雨
把我相思风化

你安吗？
我在发出呼喊！

凄凄楚楚的雨

我的热血等凉

你来吗？
我的泪在喷洒！

2016 年 11 月 21 日

故　事

想起
一个唯美的故事
还是在早年

在雨里成长
在风里歌唱
不觉间走向升华

在某一个夜晚
可已经到了晨白
太阳让我偿还离别

于是
有了长长的故事
在记忆里没完没了

此时没有年龄
此时早没有岁月
她很近而心已经很远

故事留给了我
让我在血液里不息
乃至与白发同灭

2016 年 11 月 22 日

武夷丹霞

儒道名山，丹霞武夷，仙居道慕千年传。
茶园延绵，人幸择栖，鸿福消受仰岁月。
世界虚拟，一机线红，唯识撼岳采茶忙。
斗笠戴月，纤指行孝，清风皓齿媲翠绿。

2016 年 11 月 24 日

千山浓绿

哪方神仙

给我

撷来一朵白云

白云穿上

千年的唐装

纽扣扣着百结相思

转悠着

一圈　两圈

酥臂敲碎离愁

甜美笑容

似如风摇翠竹

吹箫声远

满眼茶林
翠绿如滴
不堪冬月人独

写一山相思字
拍一天离愁照
我将与盈福拥抱
罗襟点点
思绪盈掬
举头已觉千山绿

选一消受日
捻几片茶香
芳草难迷行路客
愿立尽群山
叹诗书
万卷致君人

谁人怜我
玉手簪黄菊
罢！罢！罢！
何教飞鸿沉空碧？

2016 年 11 月 26 日

蓝　天

那分透澈
让万物泄露了心思
让我觉得羞涩

因为世界
就该这样
无掩的明亮

当然是天真的蓝
不要其他的颜色
变得简单而欢畅

2016 年 12 月 17 日

去白沙泉

长目枫叶红，
天地有沉浮。
轮回即世界，
飘落亦乾坤。

2016 年 12 月 22 日

今夜平安

树梢的叶在欢呼
今夜该是平安！

我独一人在祈祷
愿天下人平安！

路边的喧嚣在减弱
年轻人的梦开始了

烟斗的烟在静燃
伴着我沉默的心

多少人在迷茫
那个是什么节日？

思绪瞬间的空白
听到的还是满天谎言

我低下头颅

尽力搜索那边文化

不冒泡的意识里
还有毕加索
《阿维尼翁姑娘》

梵高仰起了头颅
也在寻找
自己的《星空》

今夜平安
只是我一个人存在

2016 年 12 月 24 日

忽然想起

明媚似乎不在初一
那是十个月的等待
一种浪漫的果实
总会在某一时段绽放
我来了

鲜花初长成
不需要更多的赞美
因为鲜艳
凝结着晶莹的泪水
自然还有那份浇灌
新叶啊

湛蓝的天空里
我在寻找
寻找我真实的自己
彷徨是一时的云彩
清风送来红袖思绪
媚眼在青山绿水间

舒展着
原来复杂寓于简约
生日是符号般的回顾
增长诗意浪漫和美丽
云竹摇曳着漫漫理想

来了就去竭力丰满她
不等待八月的璀璨
腊梅有自己的孤傲
清醒着

2017 年 1 月 29 日

想　起

拂拭寒风江潮生，
　　今偶尔路过。
　　若不知，
当是此水天上来。

　　天上来，
　　流向何处？
　　为何总离愁。
原是滴滴相思情。

2017 年 1 月 31 日

从冬天走来

雪　枯枝　腊梅
没有穿上棉袄
但它们一直在穿越

山间　田野　平原
在同一时间线上结伴
饱经寒冷的鞭抽

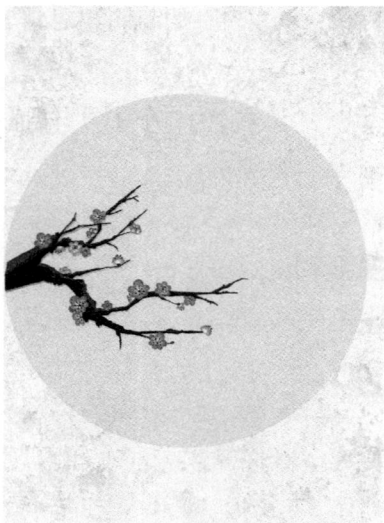

它们乐意在等待
它们没有停歇脚步
因为它们知道前程

风霜雨雪
给了它们足够的信心
因为前面是灿烂春天

我且驻留着
除了眼神和思想
谁是这宇宙的主人

问苍茫大地
这是伟人的设问
谁主沉浮

从冬天走来
这是全程的起跑线
谁又能左右谁

冰冻听到了春的声音
冬在它的身上踩过
它知道它的点在哪

从冬天走来
有点不惧严寒
因为愿意和必须

从冬天走来

2017 年 2 月 1 日

辑五

镜中人

梦江南·忆梦

梦初醒，
日夜两重天。
去也妙奇如仙乐，
来者镜前万重山。

2017 年 2 月 3 日

臆　春

梦初醒，不知何日，记无忆，忽问烟，当是立春日。

推窗抬望，雾霭霏微，非雲非雾深处。

梅自语，已春也。

华年飞度，少了些许，总埋迷茫处。

电铃忽鸣，远方来报，万马千骏奔腾。

向此早年，四蹄疾。憾在遥未及。

雄骏之风今何在？重挥鞭，凭高揽景呈宏伟。

2017 年 2 月 3 日

归　途

春初立，荼蘼仍谢却。
年悄过，青山默，湖水静，行脚沉沉甲子余，
年华飞度时醒目。还是那山河。

斜阳去，待见雌虹竭。
霞薄迷，遥无垠，青山共一色。
倚车凭眺，垂暮前，旖旎艳，来年何处是今日。

2017 年 2 月 5 日

品茶味

一壶故事谁诉说，
壶内喧嚣直上，
好个春姑，
大地欣喜悦。

袅袅雾腾，
澎湃壶内鸟鸣。
问哪家燕呢，
暖春归来又抽头。

2017 年 2 月 13 日

梦江南·春

春来到，
山陵南陌笑。

江河湖海喜沾春，
明媚花枝颤娇盼。
柳困却羞郎。

2017 年 2 月 11 日

曾记得

我曾记得
一个生命的生命里
蕴藏着混沌和智慧
不是你要
也不是我给
就这样自然地有了
文章

我曾记得
描绘的时间实在太长
而成就的时间又太短
忽然间
你也变老
我也变老
谁也不应责怨谁

我曾记得
生命里有刹那的记忆
那是永恒的承诺

于是
一个生命的生命里
燃烧
直到你的拒绝
和我暂时的忘掉

我曾记得
一个季节的传递
还不如你
一眼的痴迷
我想忘掉
想彻底地忘掉
而到了此时的你
犹如春天里的花
不唤而来哟

我记得
我曾记得
我曾记得
你那一眼的好

2017 年 2 月 21 日

一路的你

又西去，云低山高，虽有名目，不是浅静且忙碌。
曾忆岁月，不负青山不负云，峰情相峦矣。

穿隧道，乐取山怀抱，一路清风，一路春。
风尘又起，不问岁月，
满眼云天卧嫦娥，坦途思绵绵。

2017 年 2 月 23 日

影 索

千年无情缘，
一见千千结。
谁予情愫解，
山崩天地裂。

2017 年 2 月 24 日

趣　味

同样的路
同样的河流
冉冉簇簇绵延
思绪在流散中激荡

当年来去
来去昨今
从未在哪个湾停留
是风和云的驱使

还是那个山坡
还是那个隧道
生命在时空里穿越
屏住的时间不肯留

垅上花儿浅鹅黄
阡陌在默默地笑
你是谁
你从哪里来

你又想往哪儿去

片刻的懵懂
过了生命的河
满野的婆娑在唤我
唤我唤我

2017 年 3 月 17 日

乡村的神迹

来回地走着
田园的梦幻
风飘来馨香
蔬菜瓜果的花
那是天堂布下的景象

我拍下几张
留下甜蜜的欲望
久久地触动着胸膛
思绪张开了
蓝光柔美的翅膀

这是初夏的夜
滴落的繁华
轻曼地行走着
乡村的神迹——
为幽暗的灵魂而开张

黑色的眼神

落在这绿色中
烟霭在田园蹒跚
那是我今世灵魂的遇见

2017 年 6 月 10 日

雨中鸟

雨垂落的瞬间
心绪也在细分
前进的步伐带着湿冷
树叶摇曳在复杂的心境里

小楼的天空
茫茫白白
把蔚蓝
遮掩得严严实实

花伞在道上曳动
是否所有的花朵
都喜欢这种心情
小鸟横空飞越

万物似乎都在寻找
寻找自己的安宁
饥饿　瘟疫　战争
人类就在这无控中低诉

来来回回中延续
把愁绪
是否都化成了
这无尽无止的梅雨

2017 年 6 月 13 日

黑夜与沉默

沉默在黑夜
泪可以尽情地流

太阳没有看见
月亮和星星是朋友

黑夜的沉默
幽幽无言

完全可以由一人承担
奔向山巅吧

沉默未必要爆发
因为是最高境界的修养

黑眼睛与黑夜
让我们欣赏的是这黑夜

视线与星星相对

要我们看得更高更远
不沉默　哪来的力量

黑夜与沉默
是上苍给予的力量

2017 年 6 月 17 日

走 吧

空中飞来的云
轻轻地在召唤

走吧
前面是你向往的乐园

飘逸而欢乐的云
轻轻地在摇滚

走吧
行走里可以念自己的经

默默消腾的云
轻轻地在呼唤

走吧
前方有玫瑰般的香气在等你

散如莲花的云

轻轻地在诵吟

走吧
故乡就在遥远的无影里

2017 年 6 月 20 日

梅雨季

净珠窗前立，
试问是谁家。
雨来微探望，
雨化情未了。
几度梅雨至，
白云自消散。
不惹东风事，
西山煮白石。

2017 年 6 月 25 日

东去　东去

天晴了
流走了沉浮
淤泥还在草上挂着
算是个烙印吧
谁也不屑一顾

我低下头
细细地寻找
没有留下任何踪迹

手上的喇叭
台上的讲话还在继续
我把耳朵竖起
是西风还是北风
云仍在紧张地翻滚

东去　东去
我想把绿叶留住
我想把教训留住

我也想把爱情留住

山上的鹧鸪声继续响起

……

2017 年 6 月 26 日

感　应

疏月漏下的色
顷刻
被惊雷轰走
好象风来了
雨向我走近

点滴的倾诉
诉说了很多很多
莫非是那头还有相思
或在伤悲中捡起遗失的爱

树轻轻地摇曳
叶在寻找少年的梦
我在她身边走过
怕惊醒她
惊醒她不该继续的梦

你对月的迷恋
获得了永恒的孤独

没有了概念
没有了指数
似乎与故乡做了隔绝

2017 年 7 月 2 日

留守的花瓣

绿荫下
鲜活的影子在爬行
汗流淌在衣纹间
用夏的热情
托起责任的蓝天

云在炎热中消散
话语着约会的日子
让惊雷把甜蜜唱响
静静站在彩虹的伞下
等待爱的久久缠绵

蝉在枝丫间偷窥
让绿叶识相地离开
不要让美好的梦破碎
人间还有劳动的汗水

云水　江河　湖海
都在耐心地等待

夏在悄悄地改变
豁然间看到
廊桥上
还有春天留守的花瓣

2017 年 7 月 6 日

青烟雨花

诗总在深夜
与酣睡声一并喷发
把自己的人格
推向最高处

没有戒律
唯有思想的自由
自由是玫瑰的沃土
一支就让人醉透

没有季节
哪来时间的设限
取舍在你的爱好间
喜怒哀乐足以写全

没有牵绊
把五指搭在无弦的琴上
弹一曲
只让自己的心听见

没有评判
悄悄地从唐诗宋词中走来
去感觉灵魂升华的优美
去领略天地赐予的恩与爱

2017 年 7 月 11 日

辑六

天地在我心

娇美江山

明净列窗
吟倚江山娇美
凝伫片刻
早已醉眼不敢看
只因无山无烟尽原野

远近皆迷
乡关何处招展
刹驰而骋
几点映红觑羞日
那时意中眼中尽朝晖

2017 年 3 月 17 日

齐鲁灵杰

自古齐鲁出英雄，
珍珠泉中卧蛟龙。
王府池里映金辉，
大明湖畔舞玉凤。
龟蒙云蒙仙人居，
微山湖美浮翔鱼。
诸子伟人俊豪杰，
万世师表曲阜孔。

2017 年 3 月 18 日

我许下的愿

谁在召唤
那挟带春香的风
那忧郁无言的雨
那远方的悠悠念念

谁在召唤
我站在高高的山岗上
问天
眼神构成了直线

谁在召唤
你听到了吗
好像是远方的马蹄声
好像是云中的一朵花

谁在召唤
他们无法听到
因为他是铁石心肠
因为她是冰冻浪漫

谁在召唤
我已打了无数的圈
没有去做丈量
没有去期盼

谁在召唤
总是不离不弃
总是隐隐约约
我闭上眼静静地听着

谁在召唤
谁能知道
知道也不要告诉我
我还是喜欢听着等着

2017 年 3 月 18 日

算作怀想

齐鲁奔金陵
一路遐想
一路奔

呜呼
行风
牛首山上牟尼顶
仰望佛光莹

心如行云
已解谜团别样情
四十年前稚嫩
想去可不成

东看西扯
不是重游
夫子庙前寻旧燕
秦淮河畔仍有泣

溯上几千年

淮河好从容

香君仍于耳

家国情爱付东流

呜呼

一河怀想

六朝古都

何时写尽人华年

2017 年 3 月 18 日

质的放大

坚持
我知道
坚持是什么
于是
坚持成了我灵魂
没有包装
没有设限

坚持
坚持不是强迫
于是
坚持是自觉的代名
舒适而宽敞
广阔而流畅
尽情地把自己约束
约束到无怨无悔

2017 年 3 月 19 日

秦淮烟笼

烟水迷离，
八壶胜景，
秦淮河上无箫声。
难得来去，
仍有万人游览。

夫子贡院，
八艳秦淮，
夫子庙内人缅怀。

穿越时空，
小河巷陌，
秦王尚识风水地。
拦腰截断，
方得今日秦淮河。

2017 年 3 月 19 日

梦里朝露

以梦为马，
旋律犹在，
情怀重启，
再游金陵兴怀古。
雨细沥，仍匆匆，
朝朝入梦中。

春秋冶城，
青铜九鼎。
尚记文字，
汗铸清纯篆文字。

三国东吴，
铁器重场。
豪杰把酒，
多少英雄驰疆场。

东晋西园，
别墅私占。

文人墨客，
羊车风骚抒情怀。

南朝明帝，
设总明观。
人文研究，
道教连绵流千载。

唐代兴盛，
建太极宫。
李白禹锡，
登临胜揽娇江山。

梦暮兴叹，
惜俱往也。
历人后漾，
玄妙秦淮曲永载。

2017 年 3 月 19 日

路与诗人

南京南
一个人背着
一生疑问的包
走来
走近我
也在走近自己

手上拿书
书名是《失》
印上自己的头像
"我是写诗的。"
"三十元一本。"
我酸酸的鼻子
驱使着我
买下了勇敢
再也不去问真假

他挎包上印着文字
我写的诗

你今天读书了吗

诗人的诗意
不仅仅是才情
还该有傻慧
我没有
而且我深深地
深深地陷入了沉思：
文字，知识，诗情
可以用价值衡量吗

原来诗
是写给自己灵魂的

2017 年 3 月 19 日

竞　春

休却雨打梨花日，
抬望眼，
朦胧迷白，
若似所思，
春日无处不撩人。

树梢着妆色各异，
曳婀娜，
竞粉争红，
修禅踏春，
惹得万山共欢聚。

2017 年 3 月 25 日

赠　友

一言问候胜似秋，
相逢尽在缘分中。
二月别离春风拂，
如今木棉映满红。

2017 年 3 月 25 日

开化行

一路西进览胜景，
忽阴忽晴云藏谜。
江上难闻琵琶音，
千年流水有近时。
一剪光阴皆诗意，
兰香柳岸笑世人。
今日素心说于梅，
但愿青山无别离。

2017 年 3 月 26 日

感怀芹江

芹江一湾胜美眉，
山城绿荫绽桃梨。
云雾趟开新天地，
八仙迟来曾悔意。

2017 年 3 月 26 日

心与景同

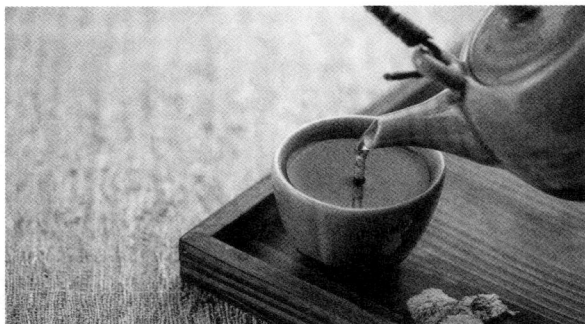

推窗大山入眼来，
春风轻吹百花开。
有心赏得天地乐，
一点朱砂呈异彩。

2017 年 3 月 26 日

魂梦归

暮色芹阳，交错灯辉，

道上人稀影清闲，别喧嚣，

帘门悄启轻问：何处又来人？

前世曾约，玉盘轻唤，

石影有信，今夜前村烟树，

蒹葭边，月圆诉尽衷肠。

2017 年 3 月 26 日

春又别绪

杏花谢了桃红，不觉春会过。
雨总爱探路，爱够，闹够。
我伞将收，
当春让夏已足逾。

清风和煦山笑，尚是春无逝。
人何必离骚，相拥，无忧。
天式纵横，
管它风来雨骤狂。

2017 年 3 月 31 日

放　纵

我愿
奔向东南西北方
种上百花和香草

任意地驰骋
任意地卧躺

喜欢做该做的梦
好去仰天长啸

呼唤温柔的月光
轻唤心中的人儿

醒来时
听到的是鸟鸣
还有那上帝的声音
看到的是花的微笑

亦可迎着太阳

吟尽诗的孤傲

激越歌的远方

把自己放纵到老

2017 年 4 月 1 日

春光自好

花绽竞春猛，
迷眼野渡人。
今时蜜蜂忙，
明日蝶飞行。
春光本自好，
自作缱绻人。

2017 年 4 月 3 日

人花和合

什么花
为你绽
与你的眼神一样
醉在田野
甜蜜他乡

什么风
为你扬
与你的美发一样
飘在阡陌
逸入心坎

2017 年 4 月 3 日

暮夜禅景

鸥鹭拍翅飞，
拾翠万重山。
暮帘轻轻垂，
道去程无恙。

2017 年 4 月 3 日

山　影

立尽山小

隐影舞绵

暮前忆欢

楚峡凄沉

慢悠悠

深浸前世清缘

梦泪刚肠早已断

乍觉

爱思山前水后

追忆榭台楼前

罢罢罢

芳草不辞年年绿

山陵杜鹃依样红

2017 年 4 月 3 日

夜，我没有醉

你降临的时候
我没有准备

这是一种张望
没有特别的等待

光就此而离开
给了你足够的舞台

你温柔得可爱
让人什么都不要看见

你伴随我度过黑暗
教导我认识光明

光明未必是光明
黑暗未必是黑暗

我耐心地等待

等待自己的心明白

夜，我没有醉
还想等芍药花为我开

2017 年 4 月 4 日

樟　叶

樟叶纷纷落，
入春独忧伤。
鸟鸣慈劝说，
原因爱素装。
眼看众忙碌，
翠竹伴身旁。
你说我忧伤，
秋萃谁敢忘。

2017 年 4 月 5 日

眼　迷

山上有青枝，
相陪不作腻。
眼前满花贯，
梅柳谁胜谁。

2017 年 4 月 5 日

晨曦微露

在黑暗中
勇猛地
撕开一个缺口
要的是
探尽无限春色

光明与黑暗的较量
来回交织而搏
永无止境的战斗
不知谁是胜者

春色无忌
前进和退让
与她毫无牵扯
该享的在尽情中

赛跑的是
自己的美丽
黑暗是她的温润

阳光是她的勇气

晨曦在希望中骄傲
也不乏贪功贪色
春色满园似乎
在为晨曦奉献所有

晨曦微露
是与春色比美吗
美丽的瞬间
可以让人忘却所有

代表希望的是你
是你那
从弱而强的锐气
勇猛向前

2017 年 4 月 6 日

历　史

幽默大师
拿着云雾般的笔

在天空不停地涂写
涂写的是真是假

风没有去鉴定
雨也没有去鉴别

自然地摆在你面前
旁边放着必喝的水

你选吧
喝还是不喝

多少代人
默默地跟着
默默地承受着

好在人是以代传承
好在自然是从容的
好在每个人都会离开

2017 年 4 月 6 日

江南春

绿水青山数江南，
蝶飞花梢枝枝甜。
穿村路旁樱花艳，
山翁家内五谷香。
仰望青天朵朵云，
庭院古井溢清泉。
春燕飞入旧堂檐，
尚问婆婆可清健。

2017 年 4 月 8 日

陇林山居

蓝天之下，
陇林之中。
参天蔽日，
郁影游动。

池叶飘浮，
灵异弥陀。
一杯清茶，
闲逸无穷。

2017 年 4 月 8 日

忽然间

一切都
在命运的安排中
是否包括宇宙

哑然间
我默默地沉思着
颤抖成尘一样恢宏

谁在逆向
空间里
充满着邪恶的骄傲

夕阳倒映
倒映着爱的力量
黑暗中坚定地走出

2017 年 4 月 8 日

山 春

小楼绝喧独，
窗开云雾入。
眺望峻岭处，
豆花笑山鹿。
陌人自来往，
逐春即相熟。
你看笋尖角，
我胸早成竹。

2017 年 4 月 9 日

听桃花源

花朝月夕，冷落银屏，
回程可计，已去数日如年。
枝蔓处有多少言语。

日出雨霁，雾柔朦意，
月约如期，何年几日时度。
叶梢头有默默曾记。

2017 年 4 月 9 日

时　间

我是荒原
你是清流

你从我身边流过
我在另一头

我是青草
你是爱床

你在我身上走过
我在源岸向往

我是溪石
你是高山

你在我身上滋育
我在你怀里撒娇

我是混浊

心
藏
青
云

你是高尚

你在我耳边呼啸
我在你心里歌唱

2017 年 4 月 9 日

牧　歌

如果在旷野，
我会长啸，
长啸里，
有我琴瑟般的爱意。
也许你不知，
也许你不愿。
风一定会尽情吹，
哪怕我是疏影，
也会紧紧跟随你。
假如我有内心箫歌，
一生为你而歌。
我的勇气，
来自我的自由。
自由地赐予，
自由地接纳，
不仅仅是放歌，
还有胸中爱的停泊！

2017 年 4 月 10 日

云　雾

穷庐喷出的芳香
织成水练
缠绕着娇美江山

磅礴的气势里
把我柔柔地包容
微弱无影时
给了我无穷追想

是上帝的汗珠
是神的恩惠
我喜欢我的穿越
穿越云雾般的存在

你可以看到我
我可以感受你
是爱的辐射吗
我要去翻你的雅歌

你的眼神

是我心中的云雾

我喜欢这种包围

包围在你温暖的怀里

2017 年 4 月 10 日

不亦乐乎

一壶青山寄余海，
兴致江河共干杯。
难得沉醉花丛中，
醒来日月亦娇美。

2017 年 4 月 11 日

记忆烟雨

青葱的华年
在深深的记忆中

似乎尚在奔腾
就走到了鬓白

在丝白的印染中
心穿越烟云雾海

湿湿的足迹
写下了一行难懂的文字

有明月清风
有烟尘飞扬

有今世真实的欢喜
有风荷素淡的香迹

一位素雅的女神

微笑着倾听着

在岁月的年轮里
重新拼凑青春诗章

2017 年 4 月 12 日

你来了

你不在的日子
残雪挂于枯枝
只听到乌鸦的声音
向我表白
世界的凋零

你来了
花就开了
绿柳在长堤欢迎你
杜宇歌唱
万山漫红极

2017 年 4 月 13 日

啊！蓝天

无云的蓝天
有笑傲江湖的雄姿
仰望深邃的眼神
他让我勇猛精进

我好像老了
可还在鼓足勇气
因为有你无垠的前景
驻足不是我的脾性

我似乎累了
可一旦对你仰望
我的风帆总会拉起
就算前方暗礁激流

我尘埃般的相对
总在检讨自己
我愿在碎片中永生
与你相融相亲

哦

我一直倚在窗前看你

你是我一生的凭依

2017 年 4 月 13 日

［后记］

自 2016 年 8 月出版第一本诗集《心属远方》后，一度的喜悦让我进入更加梦幻的境地：惭愧、忧郁、胡思乱想……不该名曰诗集的成了诗集，该让人给写个序又羞于起口，一直陷于狂躁与不安中。

大概是经历过坎坷的人，特别珍重历史，特别珍惜情感，也特别珍爱朋友。于是再次提笔，用数年时间写就了《心藏青云》《心闻妙香》《心清自在》这三本诗集。记录着这段时间的灵魂碎片，率性随意地表达了自己人生的教训、忧伤、追求、真挚、执着和向往的深婉情感。这些语句成了我抚慰和滋润心灵的寄托，文字里有刚性品格对丑恶的鞭挞，对青春的追忆，对爱情咏叹的柔软情思，还有芳华年代所失去的精神与情愫、犹豫与怀疑，也记录着对事业美好追求中遭遇的伤痛和裂痕，总想把自己的历史和情感还原得真实和丰满些。

当初在中国人民大学就读时有幸遇到庞贞强同

学，那时他已经是著名诗人了。他曾经送我两本诗集，给了我极大的启迪和鼓舞，让我感受了诗人的品格和诗的魅力。

与文字为伴是我人生的一大乐趣，但也是有意无意地叨扰了家人和朋友，在此表示歉意和谢意。在写就和编辑的过程中尤其得到家人及李滢、李炜两位硕士研究生的大力支持和帮助，在出版过程中又得到了浙江工商大学出版社社长鲍观明、编辑张莉娅的悉心指导，在此一并表示衷心的感谢！

这是我的诗稿第一次作为套书出版。因本人水平有限，定有诸多疏漏和不当之处，望读者朋友们给予斧正，再次感谢！

作 者
2017 年 12 月